POUZZOLANE ET FLEUR DE THÉ

Meurtres en campagne

Sylvie M. Jema

Pouzzolane et fleur de thé

Meurtres en campagne

Fayard

ISBN : 978-2-213-63565-1

À toute ma famille auvergnate,
et, plus particulièrement, à Alice et Jean-Marie,
mes grands-parents, aujourd'hui disparus.

Eloï, Eloï, lamma sabachtani ?

Évangile selon St Marc, 15, 34.

– I –

Prosper Chapelat se redressa péniblement, et enjamba en grimaçant la poutre à laquelle pendait la Marie-Bernadette. A cinquante-huit ans, il ne se sentait pourtant pas si vieux, mais la mauvaise sciatique qu'il traînait depuis cet hiver lui compliquait singulièrement le quotidien, celui de son travail en particulier. Il s'agenouilla sous l'extrémité de la charpente, constatant, sans surprise, que, là aussi, il y aurait du travail à faire. Le mauvais état du clocher n'avait rien d'étonnant : depuis le temps que des réparations auraient dû être faites ! Il sourit en imaginant d'avance la tête du Père Cheminade lorsqu'il lui présenterait le devis !

– J'vais t'y arranger, moi, ton devis, siffla-t-il entre ses dents, après tout t'avais qu'à être là !

Mais le père Cheminade, comme avant lui, son prédécesseur le Père Dugat, préférait se consacrer aux pauvres et autres bons à rien...

Il haussa les épaules et, son inspection terminée, entreprit de refaire le chemin en sens inverse.

Tout à coup, au passage de la poutre, une des planches vermoulues sur lesquelles il prenait appui, céda dans un craquement sinistre, le projetant dans le vide... Un bref instant – qui lui sembla une éternité – il se vit mort, écrasé trente mètres plus bas, mais dans un sursaut miraculeux (c'était bien le cas de le dire en ce lieu !), il réussit à s'agripper à la poutre, pendant ridicule de la Marie-Bernadette immobile dans son indifférence de bronze...

Chapelat avait toujours été maigrelet, un « petit gabarit », et c'était une chance aujourd'hui, mais même son faible poids n'empêcherait pas la fatigue de s'installer. Si ses mains lâchaient... Il préférait ne pas y penser ! ...

– Au secours ! cria t-il, au secours !

La piété n'était pas le point fort de Prosper. Cependant une ardente prière lui vint aux lèvres pour que quelque chose ou quelqu'un le tire vite de cette dangereuse situation. Comme en réponse à cette ferveur soudaine, une voix résonna au-dessus de sa tête tandis que deux mains fermes enserraient ses poignets, exerçant une traction prudente mais efficace :

– Accroche-toi. Ne panique pas, je vais t'aider. En allant doucement, je peux y arriver.

Un soulagement envahit Chapelat, en même temps qu'une immense frayeur rétrospective. Il se sentit glacé, au bord de la nausée, tandis qu'il levait vers son sauveur un visage défiguré par un rictus d'angoisse :

– Me lâche pas, hein !

L'autre regarda Prosper comme si, tout à coup, il le voyait pour la première fois, frappé par ce visage convulsé, ces yeux hagards... Il devint blême, en proie à un soudain malaise, ferma les yeux brièvement et les rouvrit pour, à nouveau, fixer le charpentier en contrebas... Il eut une expression horrifiée, puis dégoûtée... Volontairement, délibérément, il lâcha prise et, lentement, abaissa son regard vers ses deux mains ouvertes, les considérant avec effarement, pendant que Prosper Chapelat, dans un long hurlement, terminait brutalement ses jours terrestres en s'écrasant sur le sol consacré, avec un bruit mat et un peu écœurant.

*

Stéphane Brandoni, perdue dans ses pensées, faillit déraper sur une espèce de tas de graviers roses, en bordure de route, comme elle en voyait régulièrement depuis quelques kilomètres. Elle jura, redressant son engin de justesse : elle aurait mieux fait de venir en train ! Mais ce bled, comment s'appelait-il déjà ?, Saint-Cyprien-les-Roches, était au bout du monde, perdu au fin fond de l'Auvergne. Mais il lui avait paru plus simple de prendre sa moto.

Avisant un parking aménagé sur le bord de la route, elle s'y arrêta un instant. Elle ôta son casque et ses gants, ébouriffa ses courts cheveux auburn en un geste familier, et sortit un paquet de Benson de la poche de son blouson. Deux ou trois longues bouffées lui rendirent sa sérénité et, plus détendue, elle prit le temps de regarder le paysage qui l'entourait : Fleur avait raison, c'était magnifique !

Les champs, d'une taille étonnamment modeste, comparés aux grandes étendues céréalières de la plaine normande auxquelles elle était habituée, dessinaient un vaste échiquier aux couleurs printanières, au milieu duquel ressortaient les lignes plus sombres des haies ou des bosquets... Le relief, ondulant en vagues successives, accentuait encore le côté patchwork de la vision, sans pourtant nuire à l'unité du paysage. Tout était calme : chaque arbre, chaque plante y semblait à sa place de toute éternité...

Au loin, plus loin encore, se devinait la ligne accidentée de la chaîne des Puys, gardienne tutélaire de la région...

Stéphane s'attarda un peu, se laissant gagner par l'harmonie du moment. Quelques traces de présence humaine transparaissaient çà et là : la mangeoire en bois en plein champ, laissée à la disposition d'un paisible troupeau de vaches rousses, deux ou trois bâtiments groupés à flanc de montagne, et les omniprésents fils électriques et téléphoniques...

La jeune femme suivit des yeux le vol d'un épervier planant à la verticale d'un petit bois, et sourit : oui, elle avait bien fait, finalement, d'accepter l'invitation de Fleur. Se retrouver ici pendant quelques semaines, loin de la ville et de son agitation (et Dieu seul savait à quel point Stéphane était, avant tout, une citadine !), découvrir un coin de France où elle n'était encore jamais venue, et surtout souffler un peu, réfléchir, se reprendre après la fin d'année difficile qu'elle venait de traverser lui ferait le plus grand bien. L'expression consacrée « se mettre au vert » n'avait jamais été si appropriée. Le sourire de Stéphane s'évanouit dans un soupir. Ces derniers mois n'avaient pas été si simples... Entre la mort du fiancé de sa sœur Cécile, et la grossesse extra-utérine opérée en urgence de sa belle-sœur Laurence, les fêtes de fin d'année avaient été plutôt sinistres...

Et, couronnant le tout, en février, Stéphane avait été obligée de faire euthanasier sa chatte siamoise, compagne, depuis treize ans, de tous les bons et mauvais moments de sa vie. Sentant les larmes lui monter aux yeux au souvenir de cette disparition, Brandoni haussa les épaules, comme pour se débarrasser de son fardeau, jeta son mégot à ses pieds, l'écrasa soigneusement avant de le ramasser, prise d'un vague scrupule, pour le placer dans le paquet de cigarettes, et fourra le tout dans son blouson.

Elle remit son casque : si elle avait bien compris les indications de Fleur, elle ne devrait plus tarder à arriver.

*

Le père Cheminade monta lentement en chaire ; il aurait pu y monter lestement, ou encore deux marches par deux marches (en dépit de ses cinquante ans, il était toujours très sportif, et entretenait sa forme avec soin), mais il lui avait toujours semblé qu'une certaine solennité était nécessaire à ce moment précis de l'office religieux, une certaine solennité et même un peu de théâtralité. Commentant la Parole Divine, il pouvait ainsi espérer en faire un peu entrer l'esprit dans ces têtes butées levées vers lui, tout en essayant de transmettre une part du Sacré qui l'habitait. Il ne se privait pas d'y commenter les événements du bourg, prônant la convivialité, la compréhension, l'entraide, au sein d'une ville qui, pour être toute petite, n'en était pas moins déchirée régulièrement par des conflits aussi mesquins que répétitifs.

La Jeanne Besseyre plaqua quelques accords de circonstance sur l'harmonium rendu poussif par son grand âge, et René Cheminade prit la parole dès que la dernière note s'éteignit :

« Mes chères sœurs, mes chers frères, nous sommes tous réunis aujourd'hui autour de Prosper Chapelat, pour l'accompagner dans son dernier voyage vers Notre-Seigneur, pour prier pour son repos éternel, et entourer sa famille de notre affection... »

Tout en poursuivant son homélie, le père Cheminade contemplait l'assemblée bien plus nombreuse que celle qui assistait ordinairement aux messes dominicales, sans parler des offices de semaine. Les Chapelat, implantés au bourg depuis plusieurs générations, y avaient établi une descendance nombreuse, étendue sur de multiples branches collatérales. En plus des amis, des relations, des proches et des familiers, on retrouvait aussi les « habituées », les brebis fidèles qui venaient au moindre office, et une ou deux personnes qui ne se déplaçaient que pour les inhumations...

Une grande partie du village était alignée sous la chaire d'où le prêtre observait ce troupeau rétif, avec un curieux mélange de découragement et de tendresse...

Au premier rang, tout en noir et en pleurs, Madeleine Chapelat jouait tant bien que mal son rôle de veuve désespérée peu crédible pour ceux qui avaient côtoyé le couple, encore moins crédible pour lui, le confesseur de Madeleine, dont les oreilles résonnaient encore des multiples plaintes de l'épouse du charpentier. « Il n'est jamais là ! », « il préfère être au café avec son frère et ses copains ! », « c'est un égoïste fini ! », « il n'aime personne, et ça tombe bien parce que personne ne l'aime, même pas ses enfants ! »... Et chaque fois il avait répondu, en essayant de rasséréner Madeleine, en l'exhortant à la patience et à la compréhension, en promettant de parler à Prosper...

Après tout, peut-être avait-elle vraiment de la peine d'avoir ainsi brutalement perdu le compagnon de tant d'années, le père de ses enfants et, surtout, son principal sujet de récriminations et de conversation.

Près d'elle, grave et pénétré de son nouveau rôle de chef de famille, Daniel, l'aîné des enfants, avec sa femme Christine et le bébé Jeremy, que René

Cheminade avait baptisé l'an dernier. Juste à côté, le puîné Michel, avec sa compagne Laetitia dont le ventre rebondi annonçait un heureux événement et, au bout du rang, Nathalie, la benjamine. Le prêtre ne put s'empêcher de remarquer les coups d'œil scandalisés des ouailles bien pensantes devant l'allure de Nathalie ; il se dit brièvement que, en dépit de son treillis, de son blouson de cuir, de ses chaussures montantes à lacets et de ses cheveux en brosse, c'était probablement elle qui avait le plus de chagrin. René aimait bien Nathalie : elle se donnait des airs de rebelle pour faire « comme à la ville », pour essayer de trouver sa place et sa personnalité profonde, mais, même si elle alimentait régulièrement les ragots du bourg, il savait que c'était une bonne petite, une gamine trop sentimentale, un peu perdue, mais une brave « gosse »... Pas comme sa cousine Dorine ! ...

Son regard se porta de l'autre côté de la travée, sur le frère jumeau de Prosper et sur sa famille. Il fallait vraiment le savoir pour imaginer que ces deux-là étaient jumeaux ! Autant Prosper avait été petit et maigrelet, autant Maurice était une force de la nature : des faux jumeaux différents sur toute la ligne, jaloux l'un de l'autre, surtout depuis la mort du père et le règlement de l'héritage..., se querellant sans cesse mais toujours ensemble, n'ayant en commun que leur méchanceté, leur âpreté au gain, et l'entreprise de « *Menuiserie-Ebénisterie-Charpente* » qu'ils avaient reçue en indivision. Près de son père, Dorine, fille unique et choyée, avait hérité de lui les deux premiers charmants traits de caractère qu'elle habillait d'une fausse ingénuité, d'une allure modeste, et de robes sages. Entre le père et la fille régnait une complicité qui ne devait pas faciliter le quotidien de la mère, Odette, terne et effacée, et dont il se disait à mots couverts, au village, qu'elle était battue par son mari...

Toute la pléiade de cousins s'était massée en bon ordre sur les bancs, juste derrière la famille. Même s'il en connaissait beaucoup, le père Cheminade ne pouvait pas mettre un nom sur tous les visages...

Bien sûr, il y avait les copains de Prosper : le Séraphin Mathivet, sec comme un coup de trique, le Henri Besseyre, droit et compassé, encore vert pour ses 70 ans, le Raymond Courtial dont, pour une fois, aucun sourire ne venait éclairer le visage rubicond, les jeunes de l'équipe de foot du bourg dont Prosper était l'un des plus fidèles supporters...

René Cheminade parcourut du regard la nombreuse assistance et se demanda comment leur faire comprendre la beauté de la Parole Divine, son actualité, son évidence..., comment les aider à s'élever vers Dieu, à appliquer les préceptes d'Amour, de Charité, de Partage. Une nouvelle vague de découragement l'envahit... Il les aimait bien ses paroissiens : il était l'un d'entre eux, il partageait leur vie, leur histoire... Mais il y avait tant à faire ! Peut-être était-il trop exigeant ?

Il soupira, leva ses longues mains vers le ciel pour implorer l'aide du Seigneur, conclut son homélie d'une voix vibrante et, accompagné par l'harmonium cacochyme, redescendit vers sa condition humaine pour finir sa messe.

*

L'adjudant Fleur Ganguylen regarda sa montre et sourit : Stéphane ne devrait pas tarder...

Après quatorze ans sans nouvelles, quelle inspiration subite l'avait donc poussée à reprendre contact avec Stéphane ? Elle aurait été bien en peine de se l'expliquer. Peut-être une vague nostalgie de l'enfance et de l'adolescence... ou bien l'aboutissement de ces nombreuses années où elle s'était demandé ce que devenaient son amie d'enfance et sa famille... Peut-être le désir de savoir, une fois « posée » dans sa vie, ce qu'il en était du côté de Stéphane... Il y a quelques mois, elle avait cherché le numéro de Stéphane Brandoni et lui avait téléphoné, se demandant un peu comment elle serait reçue...

Ses quelques appréhensions s'étaient vite dissipées : Stéphane était ravie de son initiative. Elles avaient, comme des gamines, refusé de dévoiler à l'autre leur vie actuelle, leur profession, se promettant de tout se dire lorsqu'elles se rencontreraient, et se donnant simplement rendez-vous, à une date et une heure précises, au café sur la place du village.

Fleur était vraiment contente de revoir Stéphane. Elles avaient toujours été les meilleures amies du monde, depuis toutes petites, dès la maternelle, et pendant leurs années de collège et de lycée, jusqu'à ce que Fleur coupe les ponts avec tout le monde et quitte la France... Mais ça, c'était le passé...

Le présent, c'étaient ces retrouvailles qu'elle attendait avec impatience : comment était Stéphane ? Toujours mince ou un peu empâtée ? Etait-elle mariée ? Mère de famille ? Etait-elle devenue policière comme elle l'avait juré en larmes, à la mort de son frère Paul ? Et surtout, allaient-elles retrouver la complicité et l'entente qu'elles avaient si longtemps partagées ? ...

A cet instant précis, la porte de son bureau s'ouvrit sur Charmes et Lelaidier, aux prises avec une jeune femme rousse visiblement furieuse.

– Mon adjudant, nous venons d'interpeller cette dame pour excès de vitesse à la sortie de Saint-

Hilaire, et non seulement elle a refusé d'obtempérer, mais en plus, elle ne voulait pas nous suivre jusqu'ici !

Fronçant les sourcils, Fleur Ganguylen leva les yeux. Son regard croisa celui de la nouvelle arrivante et, au grand dam des deux gendarmes, les deux femmes partirent d'un grand éclat de rire complice et ravi...

*

– II –

Jasper dodelina de sa grosse tête grise, poussa un profond soupir, et s'affala de tout son long sur le tapis, provoquant les crachements indignés puis le repli stratégique d'*Imhotep* qui, d'un bond souple, sauta sur la table du salon.

– *Take it easy, sweety* ! *Jasper* ne te voulait pas de mal, voyons !

Prunella Peacock posa avec précaution la grande théière ventrue près du chat ombrageux, tisonna avec soin le feu somnolent dans la cheminée et, après avoir renvoyé sa longue tresse poivre et sel dans son dos, en un mouvement aussi habituel que machinal, s'assit dans le fauteuil le plus proche du foyer avec une sorte de grognement de satisfaction. Miss Peacock était bien ici. Elle se félicitait tous les jours de l'heureux concours de circonstances qui l'avait conduite jusqu'au village de Saint-Cyprien-les-Roches, sa carrière d'enseignante de français au collège privé *St Mary* de Margate terminée.

Prunella était tombée sous le charme de cette région encore sauvage, et particulièrement de ce bourg attachant – *so typical* – avec sa place bordée par l'église et par la mairie où se déroulaient les marchés hebdomadaires, les foires mensuelles, les concours de boules et autres animations touristiques, avec ses rues étroites dont le tracé parfois surprenant ne semblait répondre à aucun impératif précis de distance ou de direction, avec ses lavoirs, désormais inutiles mais pleins de fleurs et de poésie, ses commerces aux allures désuètes, sa vie sociale étonnamment animée...

Les habitants de la petite ville et de la région en général, bons cœurs mais mauvais caractères, d'un abord peu liant mais solides ensuite dans leurs sentiments – amicaux ou hostiles –, avec leur façon de vivre, entre coutumes anciennes et récente modernité, lui rappelaient son village natal du Devon.

Venue rendre visite à des amis qui avaient acheté une ferme à restaurer dans la région, Miss Peacock avait alors décidé qu'elle prendrait sa retraite ici, et avait acquis l'ancienne maison du garde champêtre, à la sortie du village, sur la route d'Aubusson. Depuis bientôt cinq ans qu'elle y vivait, elle n'avait jamais regretté son choix. Elle avait peu à peu pris sa place dans la vie du bourg, se créant un réseau d'amis et aussi quelques ennemis... bref, elle s'était intégrée.

Elle se servit un grand thé fumant et se laissa aller contre le dossier du fauteuil, les mains refermées en couronne sur son bol, agréablement engourdie par la chaleur de sa boisson et par celle du feu qui réchauffait cette soirée d'avril un peu fraîche. Elle parcourut du regard le décor familier de la petite pièce – peut-être une ancienne chambre ? – qui, jouxtant la grande cuisine conviviale, était devenue son salon : quelques meubles victoriens hérités de sa grand-mère maternelle, des meubles locaux achetés depuis son installation, tous recouverts de multiples napperons aux dessins d'animaux naïfs ou stylisés, qu'elle avait brodés elle-même. Le manteau de la cheminée, comme le dessus du piano droit, supportait avec une remarquable constance une improbable accumulation de figurines en verre, invraisemblable collection animalière, défilé burlesque et coloré ; les murs étaient tapissés de tableaux et de photos d'animaux ; enfin, un guéridon recueillait un bric à brac de coupes et de médailles, obtenues par Miss Peacock lors de prix et concours hippiques, ou récompenses reçues par ses chats aux différentes expositions où ils avaient triomphé.

Les chats, et les animaux en général, étaient sa passion. D'aussi loin qu'elle se souvienne, elle avait toujours été entourée d'animaux : d'abord chez ses parents, où chats et chiens évoluaient en toute liberté et où, pour ses six ans, elle avait eu son premier cheval, un poney irascible nommé *Duncan*, chez elle ensuite où toute bête errante, perdue, était la bienvenue...

Lors de son installation à Saint-Cyprien-les-Roches, Prunella Peacock n'était pas arrivée seule. Faisaient partie du voyage *Horace*, le grand hongre bai, rendu rhumatisant par l'âge, mais avec lequel elle avait gagné de nombreux concours autrefois, *Miss Joy*, la jeune jument noire, *Jasper*, le schnauzer géant offert par sa sœur Janet, le blanc *Salt* et le noir *Pepper*, jumeaux sauvés de justesse de la mare où ils avaient été jetés encore chatons, et *Bunny*, le lapin nain.

Depuis, disposant de plus de temps et d'espace, Prunella avait agrandi sa tribu animale : elle avait réalisé son rêve de toujours en se lançant dans l'élevage de chats orientaux, magnifiques créatures au corps long et anguleux, aux pattes hautes et minces, et aux grands yeux verts dans une tête curieusement triangulaire et pointue, chats d'intérieur bavards et curieux, câlins et tyranniques représentés par *Imhotep* le mâle, *Jézabel* et *Lullaby* les deux femelles, et quatre petites boules colorées qui, pour l'heure, dormaient tranquillement lovées contre *Lullaby*, dans un grand panier de velours prune.

Il y avait eu aussi l'arrivée de *Constance*, une belle ânesse douce, abandonnée par ses maîtres car elle n'amusait plus l'enfant de la famille à qui elle avait été offerte six mois plus tôt, puis rapidement, *Remy*, le fils de *Constance*... Enfin, complétant provisoirement l'arche de Noé de Miss Peacock, étaient venus rejoindre la famille : *Cyprien*, premier chien recueilli en arrivant au bourg, sorte de croisé de griffon et d'on ne savait trop quoi, empli d'une gentillesse et d'une tendresse à toute épreuve, *Pouzzolane,* la chatte écaille de tortue, ainsi nommée parce que Prunella l'avait trouvée, blessée et mal en point, sur un des nombreux tas de débris roses de cette roche volcanique qui bordent certaines routes d'Auvergne, et *Curly*, petite chienne blanche et frisée, toujours ronchon...

Tous ceux-là étaient pensionnaires à demeure, au même titre que Miss Peacock. Cependant, à longueur d'année, se joignaient plus ou moins temporairement toutes espèces d'animaux, chiens et chats mais aussi poules et volatiles divers, lapins, chèvres, et même une fois, un renard. Souvent en piteux état à leur arrivée, mais sauvés, soignés, consolés, bichonnés ils prenaient pension quelques temps, en attendant que Prunella leur trouve un nouveau foyer d'accueil. Actuellement, le petit domaine hébergeait-il, en plus de ses habitants habituels, un faisan, quatre chats et un jeune chien pataud surnommé, pour l'instant, *Baby*.

Tiens, où était-il celui-là ? ... Miss Peacock se leva et fit le tour de la maison, puis du jardin, sans résultat. Elle rentra, attrapa dans le placard sous l'escalier un gros paquet de croquettes qu'elle agita vigoureusement, provoquant l'irruption bruyante de tous ses protégés, mais toujours pas de *Baby*...

– *Damned* ! s'emporta la Miss. Je suis sûre que c'est encore ce *bastard* !

C'en était trop, cette fois ! Elle attrapa le pull jeté négligemment sur un fauteuil, sortit en claquant la porte et, d'un pas décidé et furibond, entreprit de franchir les quelques centaines de mètres qui la séparaient d'Henri Besseyre, le *bastard* en question.

*

– Où ça ? demanda Stéphane, incrédule.

– Au presbytère, répondit Fleur en souriant.

– C'est que moi, tu sais, la religion...

– Mais non ! Tu n'y es pas du tout ! Lorsque la municipalité a restauré le presbytère, le père Cheminade a fait aménager trois chambres à l'étage avec leur petite salle d'eau attenante, pour faire des chambres d'hôte. Il les loue pour une somme vraiment modique, et réutilise pratiquement tout l'argent pour ses « bonnes œuvres ». Chez moi, à la gendarmerie, c'est tout petit. Alors, comme je ne pouvais pas te loger, j'ai pensé que tu serais mieux là qu'à l'hôtel du bourg.

– Il y a un hôtel, ici ? ...

– Dis donc, la citadine, pas d'ironie ! Oui madame, il y a un hôtel, avec un restaurant plus que convenable et cinq chambres. Mais tu verras, tu seras plus tranquille : Mélanie va te chouchouter. Elle a un sacré fichu caractère mais, au fond, elle n'est pas une mauvaise nature, et puis elle cuisine comme un chef.

– Mais les chambres d'hôte, ça n'est pas uniquement nuit et petit déjeuner ?

– Si, habituellement... Tu pourras manger où tu voudras, c'est comme tu le souhaites, mais disons que c'est toujours possible au presbytère. René a un peu adapté la formule. Il adore partager ses repas et discuter pendant des heures.

– René ?

– Le père Cheminade ! Tout le monde l'appelle René : il est né ici, tu comprends... et il préfère qu'on l'appelle par son prénom. Il t'expliquera lui-même. Tu vas voir, c'est un type extra. Si, si, je te jure, ajouta-t-elle devant l'expression dubitative de Stéphane. Ah, c'est sûr, il ne mâche pas ses mots, mais il est généreux, compréhensif, toujours présent si on a besoin de lui, à l'écoute... et plutôt bel homme pour son âge ! Je suis certaine qu'il va te réconcilier avec la religion ! ...

– C'est malin !

Elles rirent, contentes de se revoir et de retrouver, d'emblée, leur vieille complicité. Traversant la place d'un bon pas, elles passèrent devant le « lavoir du bas » où se faisait entendre le son frais de la source qui l'alimentait. Puis elles contournèrent la petite église romane, avant de pousser le portillon en bois qui donnait accès à un jardin de curé, pour une fois bien nommé...

Le presbytère fleurait bon l'encaustique et le *millard*, et Stéphane sut instantanément qu'elle y serait bien.

*

Henri Besseyre stoppa net son geste, planta énergiquement sa bêche dans la terre et s'appuya dessus pour observer la silhouette qui s'approchait rapidement. Il ôta sa casquette et se gratta la tête avec perplexité :

– *Quau'quo-es* ? marmonna-t-il.

Qui pouvait bien venir le voir à cette heure ? Tout à coup, ayant identifié l'arrivante, il poussa un juron sonore et maugréa :

– C'est encore cette jargeotte !

Il remit sa casquette en place avec agacement, et se prépara à soutenir un assaut qu'il savait redoutable.

Prunella Peacock s'arrêta brutalement face à Henri Besseyre, proche à le toucher, à peine essoufflée par sa marche rapide, mais totalement hors d'elle.

– *You* ! *Bloody bastard* ! C'est encore vous ! Cette fois ça suffit ! *It's enough* ! Je ne peux plus le supporter !

– Allons bon ! Qu'est-ce qui se passe encore ? lança Besseyre goguenard. Il savait très bien à quoi Miss Peacock faisait allusion, mais cette anglaise l'emmerdait. Elle ne croyait tout de même pas qu'une étrangère allait faire la loi ici. Pour qui se prenait-elle avec ses grands airs ?

– Vous le savez vraiment bien ! Vous devriez avoir honte ! Vous avez encore volé un de mes animaux !

– Mais qu'est-ce qu'elle me raconte, la *grosse togne* ? rétorqua Henri. Allez emmerder quelqu'un d'autre ! J'ai du travail à faire, moi !

– Non ! Je ne m'en irai pas ! *Baby*, *Baby* ? criat-elle.

En réponse, un aboiement étouffé sortit de l'appentis collé à la maison, mettant un comble à la fureur de Prunella.

– Comment osez-vous vous moquer de moi et me renvoyer ? Grossier personnage ! Rendez-moi mon chien tout de suite ou je dénonce toutes vos turpitudes à la gendarmerie ! Je sais que vous volez les animaux pour les revendre au laboratoire à Fontanières ! *It's a shame* ! Tout ça pour de l'argent ! ... Et encore, ce n'est pas le plus grave !

Henri Besseyre eut un sourire narquois. De toute façon l'anglaise ne pouvait rien prouver, pour ça comme pour le reste, et dans le pays, ce serait sa parole contre la sienne, alors... Contre quelqu'un du cru, l'étrangère n'aurait aucun poids.

– *Qui's pas vrai* ! Et puis foutez-moi la paix ! Mêlez-vous donc de ce qui vous regarde ! Le chien, c'est même pas le vôtre ! ... Alors, dégagez, *vieillo garço* ! Vous êtes chez moi et je vous conseille pas d'y rester !

– Je ne partirai pas sans mon chien. Il ne sera pas vendu pour être torturé !

Besseyre eut un sourire mauvais :

– Oh que si, il sera vendu ! Et d'autres encore après ! Parce que, même si vous m'emmerdez, Miss, vous êtes mon meilleur fournisseur !

Et Henri Besseyre partit d'un rire sarcastique et satisfait qui s'acheva dans un cri de douleur : rouge de colère, la natte en bataille, Prunella Peacock venait de saisir la bêche et, dans un geste aussi déterminé qu'efficace, l'avait frappé, de toutes ses forces, entre les jambes, à un endroit jugé précieux et stratégique. Puis, sans se soucier de la détresse et de la douleur de son ennemi, Miss Peacock se dirigea vers l'appentis et, sans un regard en arrière, repartit avec *Baby* pour regagner son *sweet home.*

*

La pièce dégageait un écœurant fumet, mélange de crasse, de poussière, d'alcool, de feu de bois et d'autres effluves plus ou moins reconnaissables et malodorants. Malgré la luminosité de ce matin de printemps, la clarté passait difficilement au travers des vitres opacifiées par la saleté, et les hommes avaient été obligés d'allumer la lumière.

Fleur Ganguylen s'arrêta un instant sur le seuil, stupéfaite par l'invraisemblable désordre : accumulation d'objets, empilement de vaisselle... pas un seul espace libre ou propre... La grande table de ferme, au centre, était entièrement recouverte d'assiettes plus ou moins sales, de journaux, de vieux papiers, de boîtes en fer au contenu hétéroclite, d'outils de jardin, de blisters de médicaments, et d'une pile d'annuaires. Tout en bout de table, dans un espace exigu semblant un peu plus dégagé, on voyait une bouteille de vin à moitié vide, un verre dont la transparence n'était plus qu'un vague souvenir, une miche de pain, du fromage et du sucre. Le rebord des fenêtres, le banc et les chaises paillées devaient supporter ce que la table elle-même ne pouvait plus accueillir : vêtements, publicités et prospectus divers, anciens numéros du « *Chasseur Français* », noix séchées, restes de pommes de l'hiver finissant de se rider mélancoliquement, semences de pommes de terre... Le manteau de la cheminée recueillait des sachets de graines, des œufs fraîchement ramassés, des boîtes de cartouches et de plombs, et deux ou trois paquets de *Gitanes Maïs*. Devant la cheminée, les fagots, prêts à l'usage, la paire de sabots maculés, le tisonnier et le soufflet étaient posés à même le sol... Au plafond pendaient quelques rubans « attrape-mouches » plus ou moins chargés... Enfin, au mur, outre l'inévitable fusil de chasse, on pouvait admirer une collection de calendriers périmés, décorés de motifs bucoliques ou même de « pin-up » souriantes, et dont les pages avaient fini par jaunir d'ennui.

Passé ce moment de surprise, Fleur pénétra dans la maison. Lelandais s'approcha et lui dit, avec un mouvement de menton en direction du fond de la pièce :

– Il est là-bas. Le Docteur Tixier est avec lui, mais je crois qu'il n'y a plus rien à faire.

L'adjudant fit quelques pas supplémentaires qui lui permirent de mieux appréhender la scène qui lui avait échappé jusqu'à présent, masquée par les meubles et l'incroyable bric-à-brac : Armand Tixier, accroupi près d'Henri Besseyre dont les yeux grands ouverts, la rigidité, l'extrême pâleur et l'énorme tâche de sang qui s'étalait sur son ventre, confirmaient, sans nul doute que non, effectivement, il n'y avait plus rien à faire.

*

Raymonde Bregiroux poussa la porte de la boulangerie avec un soupir d'aise : deux ou trois femmes du bourg y étaient déjà en grande conversation avec la Françoise qui, en plus des miches, couronnes, baguettes, ficelles et autres pains, distribuait, chaque matin, les dernières nouvelles.

– Ah bon ! disait Madeleine Chabrol, mais qui l'a donc trouvé ?

– C'est le maire, le Maurice Chapelat qui l'a trouvé. Il y allait pour discuter : ils avaient des choses à voir ensemble...

Les commères se regardèrent avec un air entendu.

– Il y est monté ce matin vers les 8 heures. Il a frappé, mais l'Henri ne répondait pas. Alors il est entré. Paraît qu'il était pas beau à voir, tout plein de sang qu'il était... Affreux ! Le Maurice a bien essayé de le secouer, de faire quelque chose, mais il était mort ! Alors, le Maurice est allé tout droit à la gendarmerie ! ...

– Mais, qui est mort, et comment ? interrompit Raymonde Bregiroux qui avait manqué une partie de l'histoire.

– C'est l'Henri Besseyre des Coutignolles qui est mort, du sang plein le ventre... il a sûrement été tué ! C'est tout ce qu'on sait...

Il y eut une accalmie, bref instant de méditation dans la boulangerie, chacune assimilant à sa façon les informations reçues. La première, Michelle Rougeyron reprit la parole :

– Remarquez... ça devait bien finir par arriver avec toutes ces histoires...

Dans la boutique, l'effervescence succéda à l'accalmie, chacune voulant mettre son grain de sel, y aller de son anecdote ou de son point de vue, ajouter un commentaire...

Tout à coup, la sonnette de la porte tinta et Stéphane Brandoni entra dans le magasin :

– Bonjour, mesdames, lança-t-elle à la cantonade.

– Bonjour, lui fut-il répondu avant qu'un silence méfiant ne fige les commentaires.

Françoise se ressaisit et s'adressa à Stéphane, tandis que les autres, peu à peu, prenaient congé, pressées de répandre la nouvelle dans le bourg avec force embellissements et digressions :

– Bonjour, madame, qu'est-ce que ce sera ?

*

Prunella Peacock termina la liste des consignes qu'elle venait d'écrire avec soin. Elle la plaça en évidence dans l'entrée et, après avoir enfilé un manteau aussi original que démodé, entreprit de faire le tour de sa tribu : elle dit au revoir aux chiens, aux chats et aux chatons, sortit pour saluer les chevaux, les ânes et le faisan et, rassurée par le fait que ses amis avaient promis de s'occuper de tout son monde, elle empoigna sa valise et se rendit à la gendarmerie.

Contrairement à l'habitude où, en dépit du travail et de la routine, il régnait plutôt ici une atmosphère bon enfant, on sentait, aujourd'hui, une tension inhabituelle et une agitation fébrile. Miss Peacock, intimidée mais déterminée, demanda à parler à Mademoiselle Ganguylen qu'elle connaissait et appréciait. Après un long moment d'attente, Fleur la reçut, aimable mais pressée :

– Que puis-je pour vous, Miss Peacock ? Je vous remercierai d'être brève car, comme vous le savez, nous avons des choses graves en cours, et je n'ai pas trop de temps à vous consacrer.

– *Of course. I know.* C'est justement pour ça que je viens : c'est moi qui ai tué ce *bastard.* Et je ne sais pas encore si je le regrette... Mais je suis prête à assumer toutes les conséquences de mon geste, dit-elle en montrant son bagage.

L'adjudant-chef Ganguylen la fixa d'un air éberlué : tout le monde, au village, savait que Miss Peacock, même si elle était charmante et plutôt serviable était un peu « illuminée »... Cependant, là, elle avait l'air sérieux et sincère.

– Bon, d'accord, Miss Peacock, asseyez-vous et racontez-moi votre histoire depuis le début.

*

– III –

– Ca alors ! Et tu crois que c'est elle ? s'étonna Stéphane Brandoni, comme Fleur finissait de lui raconter le témoignage de Miss Peacock.

– Voyons, voyons... Ce n'est pas à toi que je vais apprendre ce qu'est le secret de l'enquête ! rétorqua malicieusement Fleur.

– Tu parles d'un secret de l'enquête, il est bien éventé avec tout ce que tu m'as déjà raconté ! D'ailleurs, on pourrait peut-être travailler ensemble, non ? Qu'est-ce que tu en dis ? Après tout on est presque de la même maison ! ...

Elles se regardèrent, tentées... Mais l'adjudant Ganguylen revint vite à la réalité :

– Pff ! Tu sais bien qu'une collaboration police-gendarmerie est loin d'être gagnée d'avance ! Et puis, il faudrait l'accord de mes supérieurs... du SRPJ, l'aval du Parquet... Non, non : tu es là en vacances, profites-en ! De toute façon, je ne suis pas entièrement responsable de l'enquête : c'est le major Lelièvre qui commande notre brigade et qui va la chapeauter officiellement, même s'il n'est pas beaucoup sur le terrain, et ils vont sûrement nous envoyer un de leurs brillants éléments de l'unité de recherches !

Et devant l'air déçu de Brandoni, elle ajouta :

– Ecoute, si tu promets d'être muette comme une tombe, je te raconterai au fur et à mesure, on en discutera, tu me donneras ton avis... ça te va ?

Reconnaissant que Fleur avait raison, Stéphane acquiesça à la proposition.

Assises sur les bancs, de part et d'autre de la table de ferme massive, elles étaient installées, bien décidées à profiter de l'intimité du lieu et de l'heure pour rattraper le temps perdu et apprendre tout l'une de l'autre...En ce début de nuit, la salle à manger du presbytère était accueillante et sereine, désertée, avec beaucoup de discrétion, par ses occupants habituels. Mélanie, la vaisselle finie, avait disparu dans sa chambre pour suivre le feuilleton du samedi soir diffusé par TF1. Quant au père Cheminade, après avoir rendu visite à Jeanne Besseyre, la sœur d'Henri, et avoir longuement prié pour le mort et pour son meurtrier, il avait pris un repas léger avec ses invitées, puis les avait laissées, prétextant un travail urgent dans son bureau, non sans avoir auparavant sorti une bouteille de liqueur de prunes de son cru pour agrémenter la soirée des deux jeunes femmes.

Stéphane déboucha la bouteille avec un petit *plop* prometteur et remplit les verres : c'étaient des petits verres de forme simple, sans même un pied gracieux ou décoratif, mais dont le charme résidait dans la guirlande de myosotis qui ondulait près de leur bord, soutenue, à intervalles réguliers, par un gros nœud en ruban rose. Bien sûr, le dessin avait un peu pâli avec l'âge, mais cela ne faisait qu'ajouter au côté délicieusement suranné du service à liqueur. Brandoni regarda autour d'elle avec la sensation curieuse d'avoir fait un retour dans le passé... Pas de télévision dans la pièce commune, pas d'ordinateur (il était dans le bureau de René), aucun signe visible de « progrès », mais des meubles simples et rustiques, une horloge impavide qui avait égrené d'innombrables heures, une maie sans âge, du carrelage usé sous les pieds des générations successives, et la grande cheminée devant laquelle, autrefois, mangeaient les femmes, et qui réchauffait encore les longues veillées...

Stéphane, la citadine, adepte des innovations technologiques et du design, loin d'être choquée ou perdue, se sentit soudain étrangement bien, comme si elle pouvait enfin se poser, se reposer, être tout simplement. Elle s'abandonna à cette sensation bizarre et réconfortante, et poussa un soupir d'aise :

– C'est curieux comme je me sens bien ici !...

Fleur Ganguylen sourit :

– C'est vrai. Moi aussi j'ai cette impression quand je suis là... peut-être parce que c'est un presbytère...

Du coup, Stéphane rit franchement :

– Ah non, Fleur ! Tu ne vas pas me faire le coup du mysticisme ! Pour ta peine, commence et raconte-moi comment tu t'es retrouvée gendarme dans ce coin perdu.

– Aïe ! Ça risque de nous prendre des heures !...

– C'est pas grave : après quatorze ans, on a tout notre temps ! dit Stéphane en remplissant à nouveau les verres.

La nuit et la bouteille de liqueur de prunes étaient déjà bien entamées lorsque les voix des deux jeunes femmes se turent dans le presbytère. Fleur avait déroulé le fil de sa vie depuis son départ de France, à 18 ans, en rébellion contre tout : la société, ses parents, et surtout elle-même... Comment, partie au Vietnam avec des religieuses pour une mission humanitaire qui devait durer un an, elle y était restée cinq ans, travaillant d'arrache-pied, apprenant à connaître ce pays qui avait été le sien, affrontant ses démons intérieurs, recherchant des bribes de l'histoire de la petite *Bong Kâ* (fleur de thé) et de sa sœur jumelle *Maï* qui, ballottées d'orphelinat en orphelinat, avaient fini par atterrir en France, pour y devenir Fleur et Anne-Maï Ganguylen... En partie réconciliée avec son passé, Fleur était alors rentrée en France où, pour les beaux yeux d'un grand lieutenant, elle avait décidé de devenir gendarme, actuellement adjudant, préparant le concours interne de l'école d'officiers et, après quelques déboires sentimentaux, toujours célibataire endurcie.

A son tour, Stéphane avait raconté sa détermination à entrer dans la police, qui ne l'avait pas quittée depuis la mort de Paul, son parcours professionnel, son poste actuel, ses amis et ennemis à l'hôtel de police, sa famille, son célibat récent depuis sa rupture avec François et l'année de remise en question qui avait suivi, et surtout son grand vide, depuis la mort de sa chatte Arakis...

Elles s'étaient retrouvées, amies et toujours complices, avec une même vision de la vie, partageant encore les mêmes valeurs, et la même forme d'humour... Fleur bailla à s'en décrocher la mâchoire :

– Je ne sais pas dans quel état je serai demain, mais, tant pis !

Son œil se posa sur la bouteille presque vide :

– Ce serait dommage de la laisser comme ça, non ? On finit ?

Elles levèrent leurs verres à nouveau remplis en un toast malicieux mais ému à leur amitié et à leurs retrouvailles, avant de se séparer, fatiguées mais ravies.

*

Le bistouri crissa lentement sur la peau, traçant avec soin une incision médiane, mento-pubienne, avec un petit son juste assez caractéristique et désagréable pour que Fleur sente la chair de poule la gagner. A ce moment précis, elle aurait préféré se trouver n'importe où ailleurs que dans cette salle d'autopsie du service d'anatomo-pathologie de l'hôpital régional, en compagnie du docteur Legrand et du lieutenant Barrière. Mais ce dernier, délégué par l'unité de recherches pour épauler l'enquête de leur brigade, avait insisté pour qu'elle soit présente, arguant du fait que cela ne pouvait que l'instruire, lui montrer les procédures. Un ordre étant un ordre, Fleur s'apprêtait donc à assister à l'autopsie d'Henri Besseyre, avec un carnet, un stylo pour noter les commentaires du légiste, et une nausée croissante.

Bien sûr, l'adjudant Ganguylen avait déjà vu des morts au cours de sa jeune carrière, mais c'était la première fois qu'elle assistait à une autopsie. Elle avait été surprise par les trois séries de photos réalisées : avant et après le déshabillage du corps, puis après le lavage. Avec le lieutenant Barrière, elle avait procédé à l'inventaire complet des vêtements du mort et de tout ce que contenaient ses poches. Cette partie-là n'était déjà pas plaisante : les vêtements de Besseyre sentaient aussi mauvais que sa maison, odeur nauséabonde encore aggravée par celles du sperme et des selles qui s'étaient évacués après la mort, et par celle du sang séché. Après les prélèvements habituels (écouvillonnages de la bouche, de l'anus, prélèvements sous-unguéaux, recherche de résidus de poudre sur les mains ou au pourtour des lésions...), et une fois tout identifié, classé, noté, et les scellés mis, le corps avait été lavé sur une des grandes tables métalliques sur laquelle il reposait à présent.

Chef du service d'anatomo-pathologie, le docteur Philippe Legrand avait derrière lui de nombreuses années d'exercice et pas mal d'autopsies médico-légales réalisées en tant qu'expert pour le compte de la gendarmerie. Petit homme rondouillard et jovial, il arborait une étonnante moustache de gaulois derrière laquelle il marmonnait ses observations. Il travaillait rapidement, par gestes précis, sans paroles inutiles, secondé avec la même efficacité par un grand Noir impassible, technicien visiblement chevronné, répondant au prénom de Moussa. Le lieutenant Barrière montrait le même professionnalisme, la même efficacité, et Fleur devait bien admettre qu'en observant les trois hommes, elle était en train d'apprendre une foule de choses utiles.

Elle essaya de se concentrer sur le côté technique pour atténuer sa sensation de malaise... Tout à l'heure, elle avait naïvement cru que les choses seraient plus faciles après le lavage du mort. En fait, c'était pire. Ainsi allongé sur le dos, nu comme au premier jour de sa vie –mais bien moins attendrissant-, exposant les cicatrices de toute une existence, les meurtrissures de l'âge et ses récentes blessures à l'abdomen, Henri Besseyre était passé du statut d'humain à celui de cadavre blafard et dérisoire. Cette vision gênait Fleur sans qu'elle puisse s'en expliquer la raison. Ce n'était pas sa nudité qui la dérangeait, mais plutôt ce total abandon, ce vide presque palpable, cette non-existence, cette enveloppe déshabitée... et puis il y avait l'odeur... faible mais prégnante, fade, qui imprégnait les narines, les vêtements, la peau, qui s'avalait en laissant son goût douceâtre sur les lèvres...

– Ganguylen ! Vous rêvez ou quoi ?

Brutalement ramenée à son travail, Fleur leva un regard effaré vers le lieutenant qui venait de l'apostropher :

– Excusez-moi, mon lieutenant, je ne me sens pas très bien, je crois...

Barrière eut un haussement d'épaules excédé. Philippe Legrand se redressa et regarda l'adjudant Ganguylen. Enveloppé de son grand tablier en plastique blanc qui lui descendait jusque sur les bottes, la bavette lui masquant le bas du visage, le bistouri à la main, debout à droite du corps, maintenant largement ouvert, qui dévoilait ses côtes, muscles et viscères, le praticien aurait presque pu avoir un aspect menaçant sans la lueur de bonté et de compréhension qui transparaissait dans ses yeux.

– Allons, Barrière, cette petite est aussi livide que notre client. Elle ne s'est pas si mal comportée pour une première fois. Laissez-la donc sortir : on n'a pas réellement besoin d'elle et on ne sera pas plus avancés si elle nous fait un malaise dans la salle !

Le lieutenant pinça les lèvres d'un air contrarié, mais se rendit à l'évidence :

– C'est bon, adjudant, vous pouvez sortir. Attendez-moi dans le bureau à côté.

Fleur remercia d'un bref signe de tête, posa carnet et stylo sur le premier rebord de fenêtre venu et, après s'être efforcée à sortir calmement et avec un semblant de dignité, se rua vers les toilettes pour y vomir consciencieusement l'intégralité de son déjeuner.

*

En ce dernier dimanche d'avril, la fête battait son plein autour de l'étang. Elle attirait de plus en plus de monde ; les Saint-Cypriennais, bien sûr, mais aussi les habitants des hameaux proches et des villages voisins, quelques touristes égarés en cette saison et, ce jour-là, Stéphane Brandoni. Assise sur l'herbe, près de l'étang, à l'opposé du gros de la foule, Stéphane fumait tranquillement en regardant autour d'elle. En lui parlant de la fête, au petit déjeuner, le Père Cheminade lui avait dit que le plan d'eau était une création récente destinée à augmenter l'attrait touristique du bourg.

– Une bonne idée de Maurice et du Conseil municipal avait-il souligné.

– Une sacrée bonne idée, ça oui, avait alors grommelé Mélanie. Maintenant, il n'y a pratiquement plus que des étrangers ici ! Ils ne parlent même pas français et passent leur temps à l'étang, à moitié nus ! Ça finira par amener des ennuis... Déjà l'Henri Besseyre qui a été tué !...

– Enfin, Mélanie, un étranger n'est pas forcément un assassin ! avait rétorqué le prêtre.

Mélanie, pas vraiment convaincue, avait haussé les épaules, puis était retournée à ses casseroles, les manipulant à grand bruit pour bien marquer son mécontentement.

Brandoni sourit en pensant à la scène du petit déjeuner et se dit que le prêtre avait raison : l'étang, parfaitement intégré au paysage comme s'il en avait toujours fait partie, était une réussite ; posé au milieu des champs et des pâturages, il était entouré tantôt par de grandes plantes aquatiques, tantôt par de hautes berges à l'herbe soigneusement tondue. L'une de ses rives se prolongeait par une surprenante plage de sable fin descendant vers l'eau en pente douce. Le sentier pierreux qui longeait le plan d'eau, la vaste pelouse qui accueillait les jeux pour enfants et quelques tables et bancs de bois à l'ombre des frondaisons, le « mini camping », quasi sauvage blotti sous les arbres du petit bois, ajoutaient au charme de l'endroit habituellement calme et reposant.

Evidemment, pour l'heure, c'était loin d'être le cas ! Après la matinée, réservée au concours de pêche, et avant la soirée, prévue pour le concours de belote, l'après-midi était dévolu à celui de pétanque... Mais, plus que la participation à ces concours, l'important pour chacun, c'était de sortir de chez soi, de se retrouver et de passer un moment ensemble... La fête était simple, bon enfant, les gens détendus et souriants... L'air était plein de rires et de cris, d'interpellations diverses... L'odeur des hot-dogs et des crêpes préparés dans son stand par Didier, l'hôtelier du bourg, flottait au-dessus de la liesse générale.

En retrait de la fête et pourtant attentive, Stéphane remarquait des petits détails intrigants comme ces quelques hommes, un peu à l'écart, entourant le maire et discutant d'un air préoccupé... Ce groupe de jeunes, observateurs goguenards et condescendants, assis sur des mobylettes qu'ils faisaient pétarader à intervalles réguliers, jonchant le sol autour d'eux de canettes de bière vides... Ces deux femmes, près du camping, lancées dans une conversation animée et qu'on devinait peu aimable à leurs gestes et mimiques...

Amusée, Stéphane observait ce monde dont elle ignorait tout, notait les chemises à carreaux et les casquettes des hommes, les gilets des femmes sur leurs robes à fleurs, le contraste entre les anciennes générations, restées proches des coutumes ancestrales, et les nouvelles....

– Une étude sociologique bien intéressante, n'est-ce pas ? lui dit une voix grave et bien timbrée.

Stéphane sursauta en tournant la tête vers l'homme qu'elle n'avait pas entendu arriver et qui, sans façon, s'était assis à côté d'elle. Ce sans-gêne déplut immédiatement à la jeune femme qui s'apprêta à se relever pour partir.

Son geste n'échappa pas au nouvel arrivant :

– Excusez-moi. Je ne voulais pas vous importuner. Je ne me suis même pas présenté : Théodore Mesnier. Vous n'aimez pas la compagnie peut-être ?

– J'apprécie une certaine tranquillité, répondit Stéphane en omettant, de façon impolie et tout à fait volontaire, de se présenter à son tour. Cela ne semblait pas nécessaire d'ailleurs, car l'homme reprit :

– Vous êtes l'amie de l'adjudant Ganguylen, n'est-ce pas ? Vous vous plaisez au presbytère ?

Plutôt que de rétorquer le « qu'est-ce que ça peut bien vous faire » qui lui venait aux lèvres, Brandoni demanda avec étonnement :

– Comment le savez-vous ?

Théodore Mesnier se mit à rire, puis, devant l'air plutôt mécontent de la jeune femme, ajouta :

– Je devine que vous ne connaissez pas bien les petits bourgs. Ici tout se sait. Dans l'heure qui a suivi votre arrivée, on savait qui vous étiez et où vous logiez. Même si vous ne voyez personne quand vous vous promenez dans les rues, les gens, eux, vous voient. Il y a des yeux derrière tous les rideaux, qui vous observent, vous suivent, vous accompagnent. Tout le monde connaît tout le monde, dans le détail de sa vie et de sa généalogie. Que vous soyez d'ici, ou que vous y passiez quelque temps simplement, vos faits et gestes sont observés, détaillés, commentés, voire enjolivés. Il faut être très prudent, ou bien irréprochable, pour échapper à cette surveillance constante, cet espionnage traditionnel, connu de tous, reconnu, admis... et même en étant prudent...

Il marqua une pause et reprit :

– Par exemple, tout le monde sait que le pharmacien, Mauzane, a une maîtresse ! Il n'y a bien que sa femme pour l'ignorer !...

– Et vous ? dit Stéphane. Vous n'êtes sûrement pas d'ici pour parler comme ça !...

– Moi ? Non. Je viens de Paris. Je vis ici six mois sur douze depuis trois ans. Je suis historien. Je fais des recherches sur la Résistance pendant la seconde guerre mondiale, et sur les années qui ont suivi l'instauration de la paix. Savez-vous que les maquis du centre de la France ont été très actifs, même très près d'ici ? De nombreux prisonniers allemands sont restés après la guerre, et se sont installés en France... J'essaie de retrouver leurs traces et de savoir ce qu'ils sont devenus, comment ils se sont intégrés, ce que vivent leurs descendants... Maintenant tout le monde me connaît. Au mieux, on m'appelle Théodore ou monsieur Mesnier... Au pire, le « fouineur » ou « le parisien »...

La jeune femme laissa le silence s'installer, peu désireuse de poursuivre la conversation. Elle était hérissée par la façon de s'imposer de ce Théodore Mesnier. Percevant l'hostilité de Stéphane, l'homme se leva et annonça :

– Bien, je vous laisse à votre chère tranquillité. A plus tard, peut-être.

Brandoni ne répondit pas et le regarda s'éloigner : il n'était pas très grand, plutôt « baraqué », des cheveux gris clair noués en catogan sur la nuque. En tout cas, il n'était pas gêné de l'aborder comme ça ! Non mais, pour qui se prenait-il donc ?

*

– Ah ça oui ! *Il fait le gandin* et il ne se prend pas pour une merde de petit chien celui-là ! confirma Mélanie lorsque Stéphane, le soir même, lui parla de sa rencontre avec Théodore Mesnier. Tout en remuant, d'un geste ample et séculaire, la soupe aux raves qui mijotait dans la grande marmite, elle poursuivit :

– Il est arrivé ici, il y a trois ans. Il a acheté la petite maison de l'Henriette Peycharoux, près du lavoir du haut, et il l'a bien arrangée. Pour ça, oui. Depuis, il vient au moins la moitié de l'année. Il fouine partout, il va partout, il est toujours dans les archives de la mairie ou des villages autour ; il interroge tout le monde, il se promène dans tous les coins, il est là, tout d'un coup, et vous l'avez même pas entendu venir !... Il dit qu'il fait des recherches d'histoire, sur la guerre, sur la résistance...

Elle baissa la voix :

– C'est pas bien chrétien ni bien honnête tout ça !... Quelqu'un qu'on n'avait jamais vu par ici et qui met son nez partout, tout d'un coup !... Et puis, on dit qu'il laisse sa femme à Paris quand il vient !... C'est normal, ça ?... La Michelle Rougeyron dit qu'il aurait été dans l'armée avant, la Légion peut-être même !... Et le neveu de l'Henriette a dit que, quand il a acheté la maison, il a tout payé en espèces !... Non... Tout ça, c'est pas bien normal...

A cet instant le Père Cheminade entra dans la cuisine :

– Voyons, Mélanie, encore en train de dire du mal de son voisin ? Et la charité chrétienne, alors ?

Mélanie haussa les épaules :

– Je dis pas de mal, je parle que... Et, de toute façon, c'est l'heure de la soupe... Alors, à table !

*

– IV –

Le lieutenant Yves Barrière tourna la dernière page du rapport dont il venait de prendre connaissance fort méticuleusement. En dépit de sa mauvaise habitude d'estimer que seuls les éléments de l'unité de recherches savaient gérer correctement les enquêtes sur les homicides, il devait reconnaître que l'adjudant Ganguylen et ses collègues avaient fait du bon travail. A leur niveau, bien sûr, mais du bon travail quand même... Il s'étira longuement et respira profondément, s'accordant quelques brèves minutes de repos. C'était une technique de relaxation, apprise il y a de nombreuses années, auprès d'une de ses petites amies férue de yoga ou de sophrologie, il ne savait plus trop... La jeune femme était depuis longtemps sortie de son existence, mais la technique, elle, lui était restée...

Barrière sourit avec satisfaction, il se sentait au mieux de sa forme : un physique dont il était fier et qu'il entretenait avec soin, un mental à toute épreuve, des méthodes de travail et de relaxation depuis longtemps éprouvées... Il ne doutait pas un instant de résoudre rapidement ce crime minable. Les éléments de la brigade locale -sauf, peut-être le major Lelièvre, visiblement intéressé plus que de raison par la chopine, semblaient débrouillards et plutôt astucieux. Cette histoire se présentait bien même s'il manquait encore d'éléments. Mais il allait régler ça en deux temps, trois mouvements.

Il se leva, d'excellente humeur, ramassa le dossier qu'il venait d'étudier et le rapport d'autopsie avec les conclusions du légiste, et sortit du bureau mis à sa disposition. D'un pas déterminé, il se rendit à la salle de réunion pour y retrouver le major Lelièvre et l'adjudant Ganguylen qu'il y avait convoqués ce lundi matin. A son entrée, ces derniers se levèrent pour le saluer.

– Bonjour. C'est bon, asseyez-vous. Pas de cérémonies. Nous sommes là pour travailler. Je vais vous résumer ce que nous savons et ce que nous allons faire. Vous vous répartirez les rôles ensuite si vous le jugez nécessaire : ce n'est pas mon domaine. Tout d'abord le rapport du légiste. Selon Legrand, Besseyre a été tué entre vingt heures et vingt-quatre heures. Il a reçu une décharge de plombs de chasse de gros calibre dans le ventre dont certains se sont logés dans l'aorte abdominale.

Besseyre était debout au moment de l'impact, et le tir a été effectué à distance moyenne, entre trente centimètres et un mètre. Legrand est formel sur la distance : l'orifice d'entrée comporte des bords crénelés, en « trou de rat ». Nous n'avons pas encore les conclusions complètes de la balistique, mais il semble bien que l'arme du crime soit le propre fusil de Besseyre, celui-là même qui était, à votre arrivée – si j'en crois votre rapport – suspendu au-dessus de la cheminée.

Fleur acquiesça de la tête.

– En outre, continua Barrière, Legrand note l'existence d'un gros hématome scrotal avec de nombreuses suffusions hémorragiques. Par ailleurs, vous n'avez mis en évidence aucune trace de lutte ni, a priori, de vol. L'argent de Besseyre, une somme coquette pour un petit paysan en retraite, a été retrouvé sous une pile de draps jaunis, dans une armoire... Ce n'est donc pas un crime crapuleux dont le motif serait le vol ; ça peut être une vengeance, un règlement de comptes, une dispute qui a mal tourné, ou un accident... Il faut fouiller la vie et le passé de Besseyre : forcément son assassin le connaissait et lui en voulait pour une raison ou une autre. Ne chercher que ses ennemis devrait donc restreindre un peu notre champ d'investigations !

Le major Lelièvre émit une sorte de ricanement :

– Ben, pas tellement. Ici, et dans les villages alentour, tout le monde connaissait l'Henri Besseyre, et je suis pas sûr que vous trouviez plus de deux ou trois personnes qui ne lui en voulaient pas... Sa sœur, peut-être... ? Il a eu des histoires avec tout le monde. C'était un vieux gars aigri. Il supportait personne. Il y aurait aussi des bruits comme quoi il trafiquotait plus ou moins... Nous, on n'a jamais pu rien prouver, et quand on arrive, tout le monde se tait !... Et même les nouveaux venus ne l'aimaient pas, tenez, cette vieille folle d'Anglaise...

– Venons-y, en effet, enchaîna Barrière, visiblement mécontent d'avoir été coupé dans sa démonstration. J'ai lu sa déposition. Je pense qu'elle est de bonne foi quand elle s'accuse du meurtre : à mon avis, elle est persuadée de l'avoir tué avec son coup de pelle mal placé. Remarquez – il s'autorisa un sourire – si on en croit le légiste, ça a dû être un sacré coup de pelle ! Mais ce n'est pas ça qui a tué Besseyre. Je pense que Miss Peacock n'est pour rien dans le meurtre de Besseyre, même si on peut supposer que, prise de remords, elle soit revenue dans la soirée pour voir comment il allait et, le ton montant à nouveau, elle ait décroché le fusil pour tirer. Non, je n'y crois pas... D'ailleurs, Miss Peacock, tout en s'accusant du crime, nous a donné un emploi du temps détaillé de sa soirée : de dix-neuf heures à deux heures du matin elle était à la soirée « loto » à La Genête. Bien sûr, dans un premier temps, il faut vérifier cet alibi, puis attendre la suite des analyses des différents labos et voir si elles nous apportent des éléments nouveaux. Il faut également, comme je vous l'ai dit, analyser la vie de Besseyre, et interroger tout le monde au bourg : quelqu'un aura peut-être vu ou entendu quelque chose...

– Ouais, mais personne ne dira rien, interrompit, à nouveau, le major.

Barrière lui jeta un regard furieux : décidément, ce type commençait à l'agacer.

– C'est votre travail de les faire parler. Vous représentez la loi. Menacez les de les coffrer pour obstruction à la justice, ça marche toujours ce genre d'argument. De mon côté, je commence par m'occuper des labos. Débriefing ce soir à dix-huit heures.

– Excusez-moi, mon lieutenant ?

– Oui, Ganguylen ?

– Et miss Peacock ?

– Quoi, miss Peacock ?

– Eh bien, elle est incarcérée depuis ses aveux de samedi matin...

– Eh bien, libérez-la, nom de Dieu ! Demandez-lui simplement de rester à notre disposition tant que son alibi n'aura pas été vérifié... Maintenant, à ce soir : vous savez ce que vous avez à faire.

Le lieutenant Yves Barrière sortit de la pièce, assez content de lui-même, et referma la porte derrière lui juste à temps pour ne pas entendre Régis Lelièvre siffler entre ses dents :

– Quel con !

*

Le major Lelièvre et l'adjudant Ganguylen descendirent de la Clio et en claquèrent les portes avec un bel ensemble. Fleur respira profondément, s'emplissant les poumons de l'air matinal, avant de pénétrer dans la maison de Besseyre. Elle se baissa pour passer sous le ruban plastique fluorescent qui délimitait la zone interdite au public, le soulevant légèrement, en un geste plus machinal que courtois à destination de Lelièvre, pour qu'il passe à son tour, se redressa, et s'arrêta quelques instants devant la porte, le dos tourné à la maison, pour contempler les alentours.

Le lieu dit « Les Coutignolles », où habitait Henri Besseyre, comportait, en tout et pour tout, trois maisons éloignées les unes des autres, isolées chacune par les champs qui les entouraient, les potagers, les bosquets, de grands arbres... En haut du long chemin sinueux qui conduisait chez Besseyre, la ferme, propre et bien entretenue, avait été rachetée, il y a dix ou onze ans, par deux femmes venues de la banlieue parisienne. Elles y avaient développé un élevage de chèvres, et vivaient de la vente des fromages qu'elles fabriquaient et des confitures et pâtes de fruits réalisées avec les fruits de leur jardin. Il se chuchotait, au village, qu'elles étaient plus que de simples amies mais, finalement, comme elles avaient une vie tranquille et étaient plutôt aimables, ça ne dérangeait plus personne et, après la période d'observation habituelle et les sourires ironiques fanés, elles avaient été relativement bien intégrées. Même les anciens, plutôt sceptiques sur leurs chances de réussite au départ, devaient reconnaître qu'elles faisaient du bon travail, ne rechignaient pas à la tache, et que leur petite affaire ne tournait pas si mal.

Lorsque Ganguylen était allée les interroger, samedi matin, après la découverte du meurtre, elles avaient expliqué que leurs relations avec Henri Besseyre, tendues à leur arrivée, s'étaient améliorées avec le temps en ce sens qu'elles étaient devenues inexistantes. En s'ignorant les uns les autres, ils en étaient arrivés à un statu quo d'indifférence et de tranquillité mutuelles.

Le vendredi, en fin d'après-midi, elles avaient croisé Prunella Peacock avec un de ses chiens, qui semblait revenir de chez Besseyre. Elle leur avait paru très énervée, mais aucune d'entre elles n'avait échangé de paroles en dehors d'un simple bonjour.

Après leur souper, elles avaient travaillé dans le laboratoire, préparant les fromages, puis constituant le stock pour le marché du samedi à Sainte-Eulalie-la-Vieille ; elles n'avaient rien vu ni entendu de particulier ...

Bien sûr, on pouvait envisager que l'une d'entre elles soit allée chez Besseyre et l'ait tué mais, outre le fait qu'il n'y ait, pour l'instant, aucun mobile, Ganguylen ne voyait pas ces femmes capables de commettre un meurtre. Elle soupira : de toute façon, l'enquête ne faisait que commencer...

Son regard se porta au-delà des frondaisons, en direction de la troisième maison. D'ici, on n'apercevait sur la hauteur, que le sommet de la cheminée. Cette maison-là, inhabitée la majeure partie de l'année, appartenait à un lointain petit cousin de Besseyre qui en avait hérité à la mort de ses parents. Il était ingénieur en Alsace et ne venait à Saint-Cyprien-les-Roches qu'à l'occasion des vacances, faisant alors résonner la vieille maison du tumulte de sa nombreuse famille agrandie encore, le plus souvent, par les amis des parents ou les copains des enfants...

Fleur s'attarda quelques instants, profitant de la vue, de l'odeur et du calme de ce début de matinée... Au loin, la Marie-Bernadette égrena neuf coups... A ce moment, le major Lelièvre, après une rude bataille avec la serrure, ouvrit grand la porte et annonça :

– Bon, Ganguylen, on y va. Je ne compte pas passer ma journée ici. On jette un dernier coup d'œil : de toute façon, il n'y a plus grand-chose à voir. Les gars des labos ont déjà tout exploré et ramassé tout ce qui pouvait l'être pour leurs analyses. On fait un tour par acquit de conscience et, si tout est OK, on s'en va et on rend les clefs à la famille Besseyre. On n'a plus rien à faire ici.

– Vous pouvez peut-être faire l'intérieur pendant que je fais l'extérieur, Major, hasarda Fleur qui ne se voyait pas, mais pas du tout, pénétrer dans le capharnaüm malodorant.

– Vous vous foutez de moi, Ganguylen ? Allez, passez devant !

*

La respiration accordée au rythme de ses foulées régulières, Stéphane aborda le tournant qui menait à l'étang. Après avoir traversé le village, déclenchant sur son passage un concert d'aboiements furieux et un ballet, plus feutré, de rideaux des fenêtres indiscrètes, elle avait opté pour une direction qu'elle espérait plus tranquille pour se livrer à son jogging quotidien. Ces courses matinales, hormis l'entretien physique exigé par son métier, lui procuraient un plaisir et une détente toujours renouvelés. Corps et esprit sur la même longueur d'ondes, concentrés dans l'effort mais pourtant sereins, s'y vidaient des stress et tensions de toutes natures. S'abandonnant avec satisfaction à cette sensation d'apaisement et de renouvellement d'énergie, Stéphane s'adonnait à ces courses en solitaire, comme si elle craignait de trahir une certaine fragilité... Un geste de pudeur en somme...

C'est pourquoi la vue d'une silhouette sur une barque, oscillant lentement sur le plan d'eau, déclencha chez elle un brutal accès de colère :

– Merde ! Qu'est-ce qu'il fout ce con à pêcher à cette heure-là ?

Elle s'arrêta brièvement, juste le temps de noter que, sans le gêneur, l'endroit aurait été idéal puis, avisant un chemin qui s'enfonçait sous les arbres, elle repartit brusquement et s'y engouffra.

Elle courut de longues minutes, savourant les mille petits bruits de la forêt respirant des odeurs déconcertantes pour son nez de citadine, foulant un sol moelleux où craquaient parfois quelques petites branches mortes... Elle avait retrouvé son calme et commençait enfin à ressentir les bienfaits attendus de cette sortie matinale lorsque, tout à coup, le sentier qu'elle suivait jusqu'alors, disparut.

Un peu étonnée, Stéphane s'arrêta à nouveau. Elle se trouvait à l'orée d'une vaste clairière dont le fond, juste en face d'elle, était occupé par une sorte de table haute en pierre, avec, légèrement en retrait, une niche creusée dans le tronc d'un arbre immense. On aurait dit le décor de quelque cérémonie d'une antique fête païenne, le lieu d'un rituel oublié...

– La Chapelle de la Vierge Noire !, dit Théodore Mesnier, surgissant de l'ombre du grand chêne.

– Que faites-vous là ? lança Stéphane avec une hostilité à peine voilée.

– Si j'avais le goût de la mise en scène ou de la provocation je dirais que je vous attendais...Mais, je vous rassure, il n'en est rien. C'est un endroit où je viens souvent pour réfléchir, travailler, dit-il en agitant, au bout de sa main, un gros livre auquel la jeune femme n'avait pas prêté attention. Puis, avec un sourire d'excuse, il ajouta :

– J'espère que je ne vous ai pas fait peur ?

– Pas du tout !, rétorqua Stéphane avec une parfaite mauvaise foi.

Puis, à présent plus curieuse que vraiment contrariée, elle ajouta :

– La Chapelle de la Vierge Noire ? Qu'est-ce que c'est ?

– Ah ! Une bien étrange chose que ces vierges noires... Un sujet qui me passionne, savez-vous ? Je pourrais vous en parler pendant des heures !

Il en paraissait si sincèrement persuadé que, malgré elle, la jeune femme rit :

– Ca ne sera pas la peine ! Dites-m'en juste le principal, ça me donnera déjà une idée.

– Eh bien, les vierges noires sont assez rares. On en compte environ deux cents dans le monde, dont une quarantaine en France. Mais, où qu'elles se situent, elles ont toutes les mêmes caractéristiques : même époque des onzième et douzième siècles, plus rarement du treizième ; même position, la vierge assise sur un cathèdre avec l'enfant Jésus, sur le seul genou gauche pour celles du treizième, mère et fils regardant dans la même direction ; et même couleur noire, bien entendu.

– Elles sont peintes ?

– Non. Leur couleur est due au fait qu'elles sont toutes en bois du Levant : chêne, noyer, poirier, cèdre...

– Une coïncidence ? Un hasard ?

– Non, non... Et il y a mieux !... D'abord leur étonnante sérénité, et puis le fait que chacune de ces vierges descend d'une divinité celtique dédiée à la fécondité ou au culte des eaux. C'est probablement pour ça qu'il y en a autant en Auvergne. Etes-vous déjà allée à Clermont-Ferrand, au Puy-en-Velay ou à Orcival, ou même à Rocamadour, plus au sud ?

– Non, pas du tout. C'est la première fois que je viens dans la région.

– Je pourrais vous en énumérer encore des dizaines ! On les trouve d'ailleurs généralement sur le chemin des grands pèlerinages.

– Ah, fit Stéphane songeuse. Et quelle explication en donne-t-on ?

– Les vierges noires restent un mystère... et c'est bien ce qui ajoute à leur intérêt... La vierge noire est le symbole de la matière primordiale, de la pureté indispensable à l'initiation dans la tradition ésotérique. C'est aussi le reflet de la conscience, de la plongée intérieure...

– Et pourquoi avez-vous parlé de Chapelle de la Vierge Noire ?

– Oh, ça... C'est plutôt une tradition locale : lorsque l'église de Saint-Cyprien était en construction, un enfant a trouvé ici même une étrange petite statue noire, mais qui semblait briller de mille feux, du moins c'est ce que l'histoire raconte... C'est celle qui est dans l'église actuellement, vous l'avez vue, je suppose ?

– Non, pas encore, répondit Stéphane, omettant d'ajouter que la fréquentation des églises n'était pas son passe-temps favori.

– C'est dommage, elle est remarquable. Toujours est-il que la découverte de cette Vierge fut jugée présage hautement favorable puisqu'on était en train de construire l'église et, l'ouvrage terminé, la vierge noire fut installée en grandes pompes dans le chœur... Mais dès la nuit suivante, d'elle-même, la statue s'en revint ici, à l'endroit de sa découverte... On la réinstalla dans l'église en promettant que chaque année, le jour anniversaire de sa découverte, le premier mai, elle serait ramenée à cet endroit pour une grand-messe.

Ainsi fut fait et chaque année, se déroule un pèlerinage solennel au cours duquel on conduit la vierge ici, on l'installe dans cette niche, dans l'arbre, et après la grand-messe on la reconduit tout aussi solennellement dans l'église.

Je vous conseille le pèlerinage, même et surtout si vous n'êtes pas coutumière du fait ! Mis à part le côté religieux et la ferveur populaire que je ne saurais juger, la pompe, le déroulement, les costumes, les chants et tous les « à côtés », tout ça est fort pittoresque, termina-t-il avec une nuance d'amusement dans la voix. D'ailleurs, quand on parle d'église, ajouta-t-il alors que le clocher faisait sonner la demie, je vous laisse : un rendez-vous aux archives départementales. J'ai été ravi de vous revoir.

– Moi aussi, se surprit à dire Stéphane en lui tendant spontanément la main.

Il la serra avec fermeté, mais sans se croire obligé de la lui écraser pour prouver son énergie ou sa virilité, adressant à la jeune femme un sourire en coin bizarrement asymétrique, et disparut aussi rapidement qu'il avait surgi tout à l'heure.

*

Dine esquissa un petit pas de danse, pataude comme toujours, incapable de contrôler ces membres qui refusaient si souvent de lui obéir, malhabile dans son corps, malhabile dans sa tête... Elle éclata d'un grand rire d'enfant, leva un regard ravi vers le ciel, se perdit un instant dans la contemplation des nuages dorés par le soleil, puis reprit sa danse, mêmes pas renouvelés sans cesse, de façon quasi hypnotique... Malgré ses quinze ans, c'était déjà une femme, qui aurait pu être très belle sans les tics qui l'agitaient régulièrement, de façon imprévisible et incontrôlable, l'entraînant dans de grands gestes désordonnés, des grimaces hideuses et pitoyables, ou des rires saugrenus. Amandine, la « Dine » comme avaient fini par l'appeler les gens du village, souffrait d'un handicap congénital qui l'agitait brusquement, comme un pantin dérisoire, et qui avait bloqué son développement mental vers l'âge de cinq ans...

Certains disaient, au bourg, qu'elle était « comme ça » parce que sa mère avait essayé de « la faire passer ». Mais enfin, on n'avait aucune certitude, et les gens s'étaient habitués à la voir courir un peu partout, rétive à toute scolarisation, sillonnant les chemins et les bois, parlant aux nuages et aux animaux.

Les animaux étaient la grande passion de Dine ; les animaux et Anselme, le dernier de ses huit frères et sœurs, qui venait tout juste d'avoir quatre ans. Pour Anselme, Amandine était capable de rester sans bouger, jouant avec lui, le câlinant, lui préparant à manger, oubliant pour un temps ses escapades en forêt. Elle s'asseyait près de lui quand il dormait, le veillant d'un air extatique et on sentait qu'il n'aurait pas fallu s'approcher du petit garçon, sous peine de déclencher une des rares mais effrayantes colères de Dine.

Hors Anselme et les animaux, rien ne l'intéressait ou ne semblait l'émouvoir.

Elle était pourtant aimable, souriante le plus souvent, et même serviable dans la limite de ses possibilités, mais le monde extérieur ne la touchait pas, ou ne la touchait plus. Elle vivait pour son frère et pour la nature, indifférente aux événements que, d'ailleurs, elle ne comprenait pas la plupart du temps, perdue dans son univers, exclue.

Elle s'arrêta brutalement, haletante d'avoir dansé, et s'assit à même le sol. Elle entoura ses genoux de ses bras et commença, tout doucement, à se balancer régulièrement d'avant en arrière, tout en chantonnant entre ses dents. A cet instant précis, elle se sentait bien.

Bien sûr, elle n'avait pas tout compris de la discussion de ses parents, l'autre soir, mais ce qu'elle en avait perçu la remplissait de joie : le Besseyre était mort, et il y avait là, tout d'un coup, comme un arc en ciel dans sa vie, quelque chose qui ressemblait à du bonheur...

– V –

Prunella allongea le pas, pressée de revoir ses animaux, de rentrer chez elle, et de prendre une bonne douche puis un thé chaud... Lorsque l'adjudant Ganguylen était venue lui dire, tout à l'heure, qu'elle était libre à condition, pour l'instant, de ne pas quitter le bourg, Miss Peacock avait été surprise, puis soulagée. Jusqu'alors, elle pensait bien avoir tué Besseyre avec ce coup de bêche où elle avait mis toute sa colère et tout son mépris. Mais, à y penser d'un peu plus près, et même si c'était un *damned bastard,* elle préférait quand même ne pas être une meurtrière.

Elle eut un rire satisfait : ainsi, il y avait malgré tout une justice, et cet abject individu avait eu ce qu'il méritait. C'était même étonnant que ce ne soit pas arrivé plus tôt !... Malgré la bienséance et la coutume qui voulaient qu'on ne critique pas un mort, Prunella ne parvenait pas à trouver l'ombre d'une qualité chez Besseyre, et elle devait bien reconnaître que la mort de celui-ci – dans ces circonstances-là en particulier – lui faisait plaisir, et elle ne serait certes pas de ceux qui souhaiteraient « Paix à son âme ! »

Elle tourna à droite, vers sa maison, et aperçut Amandine qui dansait, un peu plus loin, sur la route. Miss Peacock eut un sourire ému, protecteur : elle aimait bien cette gamine qu'elle avait, au fil des ans, réussi à apprivoiser et qui venait, de temps à autre, l'aider à soigner les bêtes... Elles prenaient un goûter ensemble et il arrivait que Dine, à sa façon, parlât un peu de sa vie. Pour la petite aussi, la mort de Besseyre était une bénédiction. Prunella fut submergée par une nouvelle bouffée de colère : vraiment, c'était bien fait ! Et même, tiens, finalement, elle s'en voulait d'avoir raté ce salopard !

Elle haussa les épaules, adressa un signe de main au facteur qui la saluait depuis sa fourgonnette hors d'âge et, soudain envahie par une vague de joie à l'idée de rentrer chez elle, poussa le portillon de son jardin.

*

La fourgonnette hoqueta, crachota, toussota et après un violent soubresaut qui semblait être le dernier, repartit pourtant, presque gaillardement, dans la descente de la scierie. Exupère Vignal, à la suite d'un joli florilège de jurons, entonna une litanie de doléances contre l'administration de la Poste qui l'employait, le payant chichement et incapable de lui fournir un matériel de bonne qualité. Heureusement qu'il savait améliorer son ordinaire !... Enfin, jusqu'alors... Mais, à présent, avec la mort de l'Henri, il lui faudrait s'organiser autrement ! Il poussa un soupir presque sincère : lui, il allait le regretter, l'Henri... Après tout ce qu'ils avaient partagé... Et en plus, c'était tout de même son parrain, un conscrit de son père...

Le fait de penser à Besseyre le ramena à Miss Peacock qu'il venait de croiser. Il n'était pas vraiment étonné que les gendarmes l'aient relâchée. Contrairement à certains qui avaient d'emblée considéré comme acquise la culpabilité de l'anglaise, Exupère avait tout de suite affirmé que ce n'était pas possible : il la connaissait bien, lui, la Miss, pour lui livrer régulièrement des tas de colis d'aliments pour animaux, des produits et gadgets pour ses chats, des cotons à broder et autres fariboles, et même si elle était « jargeotte », pour ça oui, elle n'aurait pas pu tuer quelqu'un ! Et puis d'ailleurs, les fusils étaient une affaire d'homme. C'était un homme qui avait tué l'Henri, ça, Exupère en était sûr. Pourquoi ? Oh, ça, il ne manquait pas de personnes au bourg ou dans les hameaux alentours, qui avaient de bonnes raisons d'en vouloir à Besseyre ! De là à le tuer !

Mentalement, le postier passa en revue ceux qui lui venaient à l'esprit et, perdu dans ses pensées, ne vit qu'au dernier moment la Mélanie qui traversait. Il freina plus par hasard que par réflexe, juste à temps pour l'éviter :

– Oh, Mélanie ! C'est-y que t'es fatiguée de vivre que tu te jettes sous mes roues ?

– Oh pas ! Mais tu roules toujours comme un gangster, mon pauvre Exupère ! Déjà tout petit, sur ton vélo, tu roulais comme si le Diable était après toi ! Tu n'as pas changé ! Tu devrais faire attention, que tu finiras par en tuer un, un jour !

Et, sans plus se préoccuper de Vignal, plutôt mécontent de la tournure des événements, Mélanie agrippa fermement son panier et se dirigea d'un pas encore leste vers la place.

Le presbytère était désert lorsqu'elle y entra : ça lui convenait tout à fait. Elle leva les yeux sur la pendule *Casino* accrochée au mur de la cuisine : « 10 heures 30 ». Parfait. Elle aurait juste le temps de préparer sa potée et, pendant que le plat mitonnerait doucement sur le fourneau, elle pourrait recevoir la Mauricette Mathivet, des Forges, qui lui amenait son petit-fils pour un eczéma que les médecins ne parvenaient pas à soigner. Mélanie rangea ses courses, disposa les ingrédients dont elle aurait besoin sur la table et, tout en commençant à éplucher les légumes, pensa à ce don qu'elle avait reçu de sa mère et, avant elle, de sa grand-mère... Elle revit le moment où, toute petite, peut-être vers sept-huit ans, sa mère lui avait dit :

– Tu sais, Mélanie, je ne peux pas t'expliquer encore ! Je te l'expliquerai quand tu seras devenue une femme. Mais, je le sens, quand tu seras grande, tu pourras soigner les gens, comme moi...

Effectivement, Mélanie avait toujours vu se succéder à la maison des gens de toutes sortes, de toutes conditions, de tous horizons, qui venaient, d'emblée ou à bout de désespoir, quérir un soulagement auprès de sa mère. Cela lui avait toujours semblé naturel, comme allant de soi... De cette mère guérisseuse, elle avait appris les pentacles, les incantations, les herbes et les prières qui guérissent. De cette mère aussi, elle avait reçu, comme une évidence et un poids, cette faculté de soulager les autres, don exigeant et épuisant dont, par chance pour elle, sa petite sœur Céleste n'avait pas hérité. Plus tard, tout à fait naturellement, Mélanie avait pris la succession de sa mère, vieillissante et usée. Mélanie haussa les épaules, résignée : de toute façon, ce n'était pas maintenant qu'elle y changerait quelque chose ! Elle avait ce pouvoir pour le pire et le meilleur. Ce n'était pas de sa faute. Il suffisait qu'elle touche la main d'une personne pour comprendre de quel mal elle souffrait, pour visualiser la maladie qui la rongeait. Malgré elle, elle se voyait remonter jusqu'aux racines du mal et, sans savoir comment, elle arrivait à le détruire, l'absorber, le faire disparaître. Et instantanément les gens lui disaient que ça allait mieux, qu'ils se sentaient guéris...

Elle se souvenait encore de la première fois... Elle revoyait le boulanger du village, incapable de se servir de sa main droite pour une obscure raison. Elle se rappelait son appréhension, malgré la présence de sa mère qui avait affirmé que Mélanie soignait, à présent, aussi bien qu'elle-même. Elle revoyait la pâleur effrayante du boulanger lorsqu'elle lui avait pris la main et l'avait fixé dans les yeux pour lui communiquer son fluide, son bref malaise, puis son sourire, ravi et incrédule, lorsqu'elle l'avait lâché et qu'il avait constaté qu'il était guéri. Elle pouvait même encore ressentir l'immense fatigue qui s'était emparée d'elle aussitôt après...

Mélanie déposa les choux dans la cocotte et entreprit de peler les pommes de terre. Ce pouvoir était à la fois un bonheur et un malheur. Mais elle ne pouvait pas refuser de rendre service : elle le ressentait comme un devoir. Certains, au village, la disaient sorcière, comme sa mère, mais le Père Dugat et, après lui René Cheminade, qui la connaissaient bien, avaient ri de toutes ces âneries, et lui avaient demandé de venir au presbytère pour s'occuper de l'intendance et, peut-être aussi, pour la protéger, à leur façon. Ils lui avaient aussi permis de continuer à exercer son don, sachant qu'elle le faisait animée d'une foi profonde et, qu'en échange, elle n'exigeait rien que quelques prières ou offrandes à la Vierge Noire de Saint-Cyprien.

Dans la salle, l'horloge sonna onze coups, et Mélanie acheva rapidement son plat : il fallait que tout soit prêt pour le retour du prêtre. Elle aimait bien René qu'elle avait vu enfant, et avec qui elle partageait tant de souvenirs. Elle secoua la tête : ce n'était pas le moment de rêvasser ! Comme pour lui donner raison, le portillon du jardin grinça, et la Mauricette Mathivet, traînant son petit-fils par la main, frappa à la porte.

*

En entrant dans la Maison de la Presse, Stéphane déclencha un carillon mélancolique et l'irruption de la propriétaire des lieux.

– Bonjour ! Vous désirez ?

– Je ne sais pas trop : quelques cartes postales et aussi un livre, probablement...

– Prenez votre temps, je vous laisse regarder.

La femme était aimable, souriante. Elle s'assit derrière son comptoir, attrapa une revue qui y traînait et se plongea dans sa lecture, à moins que ce ne fût pour se donner une contenance, ou pour surveiller Brandoni sans en avoir l'air.

Celle-ci traîna un moment dans la boutique : en fait, il y avait une foule de choses, et la jeune femme, désœuvrée, avait tout son temps. Le début de ses vacances la décevait un peu. Bien sûr, elle était très heureuse d'avoir retrouvé Fleur et leur ancienne complicité, mais son amie était peu disponible à cause de l'enquête en cours, et ne pouvait lui consacrer tout le temps qu'elles auraient, l'une et l'autre, souhaité. Les gens du cru, même ceux qui étaient accueillants et affables, vaquaient à leurs occupations et se montraient peu liants. Quant aux distractions, hormis l'étang où il ne faisait pas assez chaud pour se baigner à cette époque de l'année... Bref : la campagne ! Et Stéphane, citadine impénitente, se prit soudain à regretter l'animation de la ville, les cinémas, les restaurants, le théâtre et les musées, le lèche-vitrine, et même le bruit des klaxons et la pollution !

Et pourtant, la région était magnifique et son séjour au presbytère pittoresque et même chaleureux. Elle n'avait qu'à en profiter pour se reposer, se détendre, et, pourquoi pas, visiter le coin !

Animée de ces bonnes résolutions, la jeune femme choisit d'abord un guide de petit format, sortit du rayon « *Les Noces de Guernica* », troisième volume des aventures de Boro, le reporter, dont elle avait lu avec passion les deux premiers tomes et se dirigea vers la caisse pour régler ses achats.

*

A dix-huit heures précises ce lundi soir, le lieutenant Barrière franchit la porte de la salle de réunion. Il nota, avec satisfaction, que l'équipe était déjà là. Qu'il arrive en dernier, même à l'heure, lui permettait de se faire légèrement attendre, de mettre en évidence qu'on ne pouvait pas commencer sans lui, bref, de montrer qu'il était le chef. Le lieutenant Barrière souffrait d'une fâcheuse tendance à l'autosatisfaction. Il prit son temps pour s'asseoir, ouvrir le dossier de l'enquête et en classer ostensiblement les différentes pièces, conscient du regard agacé de l'adjudant Ganguylen. Aussi, ignorant délibérément cette dernière, prit-il la parole en s'adressant au major Lelièvre :

– Bon. Tout le monde est là, je vois.

En effet, autour de la table, hormis Lelièvre, Ganguylen et lui-même, avaient pris place également les OPJ Charmes et Lelaidier.

– Nous allons donc pouvoir commencer. J'ai ici, dit-il en tapotant quelques feuilles du plat de la main gauche, les rapports des différents labos. Le dernier m'a été faxé à l'instant. Pour faire bref : rien de bien nouveau, pas de trace de toxiques dans l'organisme, contenu gastrique sans particularité : Besseyre a mangé ce soir-là une soupe aux poireaux, du pain et du fromage, accompagnés de vin rouge ; d'ailleurs, à ce propos, et confirmant les déductions de l'ana-path., notre homme présentait un début de cirrhose éthylique. Rien de spécial pour la biochimie, mise à part l'augmentation des transaminases hépatiques et des gamma-GT, comme on pouvait s'y attendre. Rien non plus pour la bactério ou la virologie.

Yves Barrière faisait passer les feuilles de gauche à droite, une à une, au fur et à mesure qu'il énumérait les conclusions des différents laboratoires. Il attrapa enfin la dernière :

– Pour la balistique, pas de doute : l'arme utilisée est celle qui appartenait au mort. Les plombs : du calibre 2. Il y en avait une boîte sur la cheminée d'après le premier rapport. Voilà, rien de surprenant. Quant aux empreintes sur le fusil, elles sont inutilisables : trop nombreuses, trop brouillées, ininterprétables ! Ça ne nous avance pas beaucoup plus... Et vous ?

Lelaidier, après un regard vers son acolyte, prit la parole, un peu intimidé.

– Mon lieutenant, avec Charmes, on est allé à *La Genête.* On a vu les amis de Miss Peacock et aussi d'autres personnes, et ils nous ont tous confirmé que Miss Peacock était là-bas de 19 heures à 2 heures du matin, même qu'elle avait emmené la Dine à ce qu'il paraît... Elle n'a pas quitté la soirée puisque c'est elle qui animait en partie le Loto en faveur de la SPA, vous comprenez... Nous avons là tous les témoignages recueillis en bonne et due forme, ajouta-t-il, assez fier, en montrant une chemise verte posée devant lui.

– Bon, ça confirme l'alibi de Miss Peacock. Vous irez lui annoncer qu'elle est définitivement mise hors de cause et qu'elle peut retrouver une entière liberté pour ses déplacements... Lelièvre ?

Un léger dépôt de sueur sur la lèvre inférieure trahissait la nervosité du major d'être ainsi mis « en vedette ». Il se leva, enfila une paire de gants avec un brin de théâtralité, et prit la parole :

– Ben voilà, avec Fleur on a refait un tour chez le Besseyre avant de rendre définitivement les clefs à sa sœur. Il s'enterre demain, il fallait bien qu'elle cherche de quoi l'habiller décemment...

– Venez-en aux faits, Lelièvre !

– Dans le cellier, avec le petit bois, on a trouvé ça.

Le major posa un sac poubelle sur la table et en sortit deux papiers krafts, de ceux utilisés pour entourer les colis, et trois cartons d'emballages postaux. Ils étaient tous déchirés mais on pouvait cependant parfaitement voir, sur chacun, l'adresse et l'oblitération.

– Bon, dit Barrière. Et alors ? Il recevait des colis, comme tout le monde...

– C'est que, mon lieutenant, se permit Fleur, aucun de ces papiers n'est au nom de Besseyre. Par exemple, celui-ci est adressé au docteur Tixier, et cet autre à madame Chapelat. Et puis, nous avons aussi trouvé ceci.

Ce fut au tour de l'adjudant Ganguylen de plonger une main gantée dans le sac poubelle pour y déloger un carnet plat, type moleskine, abîmé et graisseux.

– Il était coincé entre une poutre et le mur, près de la cheminée...

Fleur le tendit à Barrière qui, après avoir rapidement enfilé la paire de gants proposée par Lelièvre, l'ouvrit au hasard.

C'était un agenda de l'année en cours. Le lieutenant le feuilleta rapidement, puis plus lentement, s'arrêtant à certaines pages, revenant en arrière... En fait, l'agenda comportait trois types de notation. Certains jours, de façon irrégulière, et jamais les fériés et les dimanches, on pouvait lire :

– *Colis Chapelat. 2 bouteilles : une moi, une Exupère.*

– *Colis Mathivet : RAS. Redistribué.*

– *Colis Peacock. Coton à broder. Revendu Foire Saint-Hilaire : 100F. 50F moi, 50F Exupère.*

et d'autres indications similaires....

Le premier de chaque mois, étaient notées, avec une belle régularité, les mentions suivantes :

– *Docteur Tixier. 2000F. 1000F moi, 1000F Exupère.*

– *Mauzane. 1000F. 500F moi, 500F Exupère.*

– *Violette. 500F. 250F moi, 250F Exupère.*

Enfin, apparaissant de façon un peu anarchique, mais assez fréquemment cependant, le mot « *Dine* » était noté en haut et à gauche de certaines des pages, sans autre détail.

Il y eut un silence : le lieutenant Barrière prenait peu à peu conscience de l'importance de la découverte, tandis que Lelièvre et Ganguylen savouraient leur coup de chance. Le premier, Lelièvre rompit le silence :

– Ce n'est pas tout, mon lieutenant, comme on savait ce qu'on devait chercher, on a repris quelques investigations et on a trouvé ça.

Il montra du doigt une vieille cantine militaire posée sur une des tables, un peu plus loin.

– Elle n'était même pas cachée. Juste posée dans un coin de la cave.

Yves Barrière se leva et fut près de la caisse en deux pas. Il s'en dégageait une forte odeur de moisissure et de salpêtre. Elle contenait une vingtaine de petits carnets semblables à celui qu'il venait de consulter, et nul doute que leur contenu était identique. Il faudrait étudier tout ça en détail. Le lieutenant revint s'asseoir et sourit à Lelièvre et Ganguylen :

– Eh bien, bravo ! Vous avez fait du bon boulot. On va éplucher tout ça. Mais, selon toute vraisemblance, ce brave Besseyre se livrait à des petits prélèvements sur les colis reçus par ses concitoyens ! Je ne vois pas comment il pouvait les intercepter... Cet Exupère, peut-être ? Quelqu'un s'appelle Exupère dans le coin ?

Ce fut le major qui répondit :

– Exupère, y'en a qu'un par ici : c'est le facteur, l'Exupère Vignal...

– Mais, bien sûr ! C'est l'évidence ! Et Tixier, Mauzane et cette Violette ? Ça ne ressemblerait pas à du chantage cette histoire-là ?

Lelièvre et Ganguylen hochèrent la tête : ils en étaient déjà arrivés aux mêmes conclusions que leur supérieur lorsqu'ils avaient eu le carnet en main, tant pour le détournement de colis que pour la suspicion de chantage. La seule chose qui les intriguait, c'était cette mention de « Dine » de temps à autre. Que venait donc faire cette pauvre innocente là-dedans ?

Comme en écho à ces interrogations, le lieutenant Barrière ajouta :

– Je ne vois pas à quoi correspond le mot « Dine ». Vous avez une idée ?

Fleur expliqua qui était la Dine : Amandine Sourdeix, une gamine attardée, plutôt gentille, qui vagabondait à sa guise dans le bourg et ses alentours, et dont on ne pourrait probablement pas tirer grand-chose. Elle conclut :

– Ses parents ne sauront vraisemblablement rien, mais peut-être que Miss Peacock...

– Miss Peacock ?

– Oui. La petite y va assez souvent. Elle adore les animaux...

– Bon, Ganguylen, vous vous chargez de ça. Dès demain, on convoque Vignal, et puis on rend visite, courtoisement, à Tixier et Mauzane : on va bien voir ce qu'ils ont dans le ventre, et on pourra peut-être enfin avancer !... Et cette Violette ? Lelièvre, vous voyez de qui il peut s'agir ?

Le major réfléchit un bref instant :

– Des Violette, j'en connais déjà au moins quatre dans le bourg ou les hameaux de Saint-Cyprien...

– Bon, on verra plus tard. Tenons-nous-en, pour l'instant, au programme fixé. Encore une fois, vous avez vraiment fait du bon boulot ! A demain !

Et Yves Barrière se tournant vers Fleur, lui adressa un grand sourire qui la laissa surprise et vaguement chose, puis quitta la pièce.

*

– VI –

Exupère Vignal franchit la porte de la gendarmerie, tendu, anxieux, et inquiet de ce qu'on lui voulait. Il avait beau se répéter que personne n'était au courant de ses petits trafics, à part les principaux intéressés qui ne risquaient pas de parler, que l'Henri était bien mort, il n'arrivait pas à se défendre d'une certaine appréhension qui gênait sa respiration et accélérait son rythme cardiaque.

Cueilli au saut du lit par Martin Lelaidier qui lui avait annoncé, sans autre préambule, qu'on l'attendait à la gendarmerie comme témoin, il avait eu juste le temps de se vêtir et de prévenir sa femme, avant d'être conduit ici tout droit. Exupère était nerveux, mais essayait quand même de se rassurer : il connaissait bien le chef de la brigade, le major Lelièvre, en poste à Saint-Cyprien depuis toujours, quant à la Chinoise, elle ne comptait pas encore vraiment... Il s'autorisa un discret sourire qui se figea instantanément sur ses lèvres quand on l'introduisit dans une grande pièce où se trouvaient Lelièvre et Ganguylen, mais aussi un homme jeune qui lui était inconnu, l'air aimable comme une porte de prison. Vignal sentit une fine sueur perler à son front et s'assit comme le lui proposait le type à l'air coincé qui se comportait comme un chef.

Il y eut un long silence. Exupère, droit sur sa chaise, devant les tables où se trouvaient Lelièvre, la Chinoise et le jeunot, avait la sensation désagréable de se trouver devant une sorte de tribunal. Il s'agita sur son siège, mal à l'aise. L'inconnu, semblant prendre tout à coup conscience de sa présence, le regarda et prit la parole :

– Bonjour, monsieur Vignal. Je suis le lieutenant Yves Barrière et je suis chargé de l'enquête sur le meurtre d'Henri Besseyre. Nous souhaiterions vous entendre à ce propos. Quelles étaient vos relations avec la victime ?

– Mes relations ?... Avec la victime ?... répéta Exupère sans vouloir comprendre.

– Oui, reprit le lieutenant, un peu agacé par l'incompréhension de Vignal, le connaissiez-vous bien ? Alliez-vous le voir ? Etait-ce un ami ? Quels étaient vos rapports ?

Le facteur eut une brève illumination : ils essayaient de le faire parler, de savoir, mais il était malin ! Il ne tomberait pas dans leur piège grossier ! Il répondit, d'une voix presque normale :

– Ben, je l'aimais beaucoup : c'était mon parrain et un conscrit de mon père... Je passais le voir tous les jours, au cours de ma tournée... Oh, je sais, j'aurais peut-être pas dû y aller sur mon temps de travail, mais c'était plus facile... et puis, il était plus tout jeune. C'était mon parrain quand même !

Il les regarda tous trois avec un sourire béat, espérant paraître suffisamment niais. Contrairement à son attente, personne ne lui sourit en retour. Au contraire, emboîtant le pas à son chef, le major Lelièvre demanda :

– Et vendredi dernier, tu l'as vu l'Henri ?

– Ben... comme tous les jours...

– Et le soir, ou dans la nuit, hein ?

– Oh pas ! Vendredi, avec la femme et le fils, on est allé chez les beaux-parents, à la Chaux, et on est resté jusqu'à dimanche.

Vignal songea en lui-même que c'était bien la première fois qu'il ne regrettait pas d'avoir passé quelques jours dans la famille de sa femme ! S'ils avaient espéré lui coller le meurtre de l'Henri sur le dos, c'était raté !

– Et, mis à part le fait que c'était votre parrain, vous ne partagiez rien d'autre avec Besseyre ?

– Ben... j'vois pas... sauf que, des fois, on allait à la chasse ensemble.

Il y eut un nouveau silence. Ganguylen prit tout à coup la parole :

– Et les colis détournés et partagés entre vous, ça ne vous dit rien, bien sûr ?

Il la regarda, essayant d'apprécier dans quelle mesure elle pouvait savoir quelque chose. Ça n'était pas possible : à part lui et l'Henri, personne n'était au courant pour les paquets. Il respira calmement, s'autorisant à la toiser avec mépris :

– J'comprends pas.

Sans dire un mot, Fleur Ganguylen se leva, alla fourgonner, à grands bruits de plastique et de papier, dans un coin de la pièce et, revenant vers Vignal, posa devant lui les emballages déchirés et le petit carnet graisseux trouvés chez Besseyre. Toujours silencieuse, elle retourna s'asseoir. Barrière prit la parole :

– Vous pouvez les manipuler, monsieur Vignal, nos laboratoires ont déjà terminé leurs investigations.

Une légère variation dans l'intonation de voix du lieutenant donnait à supposer qu'il était fier de la rapidité avec laquelle les services techniques avaient fait leur travail.

– Nous aimerions connaître votre opinion sur le contenu de ce carnet, et avoir votre avis sur ces emballages.

– Ben, j'en sais rien, moi ! L'Henri, il récupérait un peu tout au cas où ça pourrait servir. Je suppose que les papiers et les cartons, il les avait ramassés pour allumer son feu !

– Admettons, monsieur Vignal, admettons... Mais que pensez-vous du carnet ? Ouvrez-le, je vous en prie.

Exupère Vignal, malgré une sourde inquiétude, se permit un soupir excédé, destiné à montrer à quel point on lui faisait perdre son temps. Il attrapa l'agenda d'une main moins sûre qu'il ne l'eût souhaité, se demandant ce que ce couillon d'Henri avait pu laisser comme notes...

Un bref instant plus tard, il était fixé, anéanti. Livide, il reposa le carnet devant lui. De grosses gouttes de sueur coulaient le long de sa colonne vertébrale, son cœur battait à tout rompre, et réfléchissant fébrilement, il cherchait désespérément comment il pouvait se sortir de là.

– Alors ? demanda Barrière. Intéressant, non ?

Exupère tenta un nouveau :

– J'comprends pas, dont il sentit l'inutilité, à peine prononcé.

– Ecoute, Exupère, nous prends pas pour des cons, ça fera qu'aggraver ton cas.

– Je suis assez d'accord avec le major, monsieur Vignal, intervint le lieutenant. Dites-moi, vous ne prêtez pas serment quand vous intégrez le corps des facteurs ?

– Si, si... oui... bredouilla Exupère.

– Alors, je crois que vous feriez mieux de jouer cartes sur table. Si vous êtes franc, nous pourrons toujours intervenir en votre faveur, ajouta Barrière sans en penser un traître mot.

Les trois gendarmes se turent, laissant planer un long silence. Exupère Vignal, affolé, avait beau tourner et retourner les choses en tous sens dans sa tête, il ne voyait pas d'issue. Ainsi pris au piège, il éprouvait une sorte de vertige. Se rendant à l'évidence, il inspira un grand coup pour se donner du courage, ou une contenance, et grommela :

– C'est l'Henri qui m'a forcé !

– Ben voyons..., commenta l'adjudant Ganguylen.

– Et depuis combien de temps durait cette contrainte, monsieur Vignal ?

– Oh, pas depuis longtemps : je voulais pas, vous comprenez ?

– Parfaitement, nous comprenons parfaitement, d'autant plus que nous avons là tous les agendas de Besseyre, fit le lieutenant Barrière en désignant le fond de la pièce. Eh oui, il était conservateur votre parrain ! Et on y trouve mention de vos petits trafics depuis plus d'une quinzaine d'années, dix-sept exactement. Les notes sur Tixier, Mauzane et « Violette » remontent à environ dix ans. Quant aux inscriptions concernant Dine elles y figurent depuis quatre ans. Comme vous le voyez, nous comprenons...

– Bon, tu vas arrêter de *rebuser* et de te foutre

de nous, Exupère, enchaîna Lelièvre, c'est pas dans ton intérêt !

L'adjudant Ganguylen intervint à son tour, d'un air presque aimable :

– Voyons, monsieur Vignal, vous savez comme nous que vous êtes coincé. Avec ce que nous avons là, c'est l'inculpation directe pour vols, recel, chantage et extorsions de fonds, au minimum. Ah, bien sûr, ajouta-t-elle après une pause, si vous vous décidiez à coopérer, cela inciterait les juges à plus de clémence !...

Dans le silence revenu, Vignal méditait sur sa situation, essayant d'en envisager toutes les implications. A contrecœur, il dut admettre que la solution proposée par la Chinoise était celle qui pouvait lui offrir le plus de chances... Il poussa un soupir, regarda Barrière et, d'une voix un peu incertaine, demanda :

– Qu'est-ce que vous voulez savoir exactement ?

– Eh bien, monsieur Vignal, racontez-nous donc toute votre histoire par le menu, nous vous interromprons s'il nous manque un détail. Adjudant, prenez la déposition.

Fleur Ganguylen se déporta légèrement sur la gauche pour prendre place devant un ordinateur dont la taille dénonçait la vétusté et, après avoir tapé les préambules habituels, annonça :

– Monsieur Vignal, veuillez nous énumérer vos nom, prénoms, date de naissance et adresse.

– Vignal, Exupère, Michel, Henri, né le 5 février 1955 au bourg de Saint-Cyprien où j'habite actuellement, à la Poste, enfin, au-dessus. J'ai été nommé préposé ici à 24 ans. Au début, il n'y avait pas de problème : je faisais mon métier du mieux que j'pouvais, et j'aimais bien ce travail. Ça me permettait de voir les gens que j'connaissais, on discutait, des fois ils m'offraient un canon, et puis aussi je faisais d'autres connaissances. Le samedi, j'allais en boîte à Aubusson. C'est là que j'ai rencontré la Catherine. Après tout a changé...

Exupère Vignal avait un débit rapide, un peu haché, comme si, une fois décidé à parler, il avait lâché la bride à ses souvenirs et à ses émotions, comme pressé d'en finir avec toute cette histoire.

– On était jeune, hein, alors forcément... Un jour, la Catherine m'annonce qu'elle est enceinte. Comme ses parents ne rigolaient pas avec ça, on s'est marié tout de suite. De toute façon, on voulait le faire, alors, plus tôt ou plus tard... Mais après, la vie est devenue plus difficile vu que j'étais le seul à travailler et qu'on était trois. C'est l'Henri qui a eu l'idée, un jour que je m'étais arrêté chez lui au cours de ma tournée : « des fois, y'aurait peut-être bien de quoi mettre du *burre* dans les épinards dans tous les colis que tu transportes, non ? » Moi, j'étais pas chaud, je voulais pas d'ennuis rapport au serment et tout le reste. Mais, c'est vrai, les fins de mois étaient pas faciles, alors, une fois chez l'Henri, je me suis décidé. On a ouvert les paquets de ce jour-là, partagé en deux comme c'était lui qui en avait eu l'idée et que nos affaires se faisaient chez lui pour la tranquillité, et voilà !

– Voilà, voilà ! Comme vous y allez, monsieur Vignal ! intervint Barrière. Et les gens ? Ils voyaient bien tout de même qu'ils ne recevaient pas leurs colis ?

– Non, non... on était malin !

Il eut une sorte de sourire rusé, presque fier.

– On ouvrait sur un côté, avec une lame de couteau très fine, on regardait si c'était des trucs intéressants et, s'il n'y avait rien pour nous, on refermait avec un adhésif de la poste, comme s'il était d'origine, et je distribuais le colis.

– Et ceux qui ne recevaient pas leurs paquets ?

– Ben, j'vous l'ai dit, on était malin : on faisait attention que ce soit pas toujours les mêmes, et si quelqu'un commençait à trouver ça bizarre, on touchait plus à ses colis pendant quelques temps. Vous savez, les gens, ils râlent un bon coup après la Poste, l'administration, l'Etat... et puis ils oublient...

– Mais quand même, il y a bien des personnes qui ont trouvé ça louche, ou même qui ont porté plainte ?

– Oh, pour ça oui, quelques-uns, mais c'était moi qui recevais leurs plaintes : je ne les transmettais pas et, au bout d'un moment, je faisais un papier à en-tête, avec des noms officiels, comme quoi l'enquête n'avait pas abouti. Ils râlaient un peu plus, et puis c'était fini. Non, y'a jamais vraiment eu de soucis.

Barrière hocha la tête, appréciateur à sa façon :

– Et Tixier, Mauzane, Violette... ?

Exupère Vignal hésita un instant mais, poussé à présent par un impérieux besoin de s'expliquer et de raconter, poursuivit avec détermination :

– C'est encore l'Henri qu'en a eu l'idée !

– Ben voyons, commenta à nouveau Ganguylen. Ça arrange bien vos affaires qu'il soit mort, celui-là !

En dépit de sa position délicate, le postier jeta un regard meurtrier vers l'adjudant :

– C'est un jour où on avait ouvert un paquet pour le docteur Tixier. On espérait trouver des médicaments ou du matériel à revendre, ou même du champagne, du foie gras, enfin quelque chose d'intéressant, et on est tombé sur des journaux pornos, des cassettes vidéos X !

– Bien, et alors, il ne serait pas le seul à...

– Attendez ! C'est pas du tout ce que vous croyez ! D'abord c'était adressé à son cabinet, pas à son domicile, preuve qu'il voulait pas que sa femme soit au courant, et puis c'était que des trucs de pédés !

Exupère partit soudain d'un grand éclat de rire graveleux sous le regard des trois gendarmes, médusés par cet accès d'hilarité.

– Ah ben, vous auriez vu ça ! Des mecs à poil plein les pages, des petites annonces où ils parlent que de cul, sauf vot' respect. Qu'est-ce qu'on a rigolé avec l'Henri ! Et puis y'avait aussi des photos et les cassettes, ah ça, c'était vraiment dégoûtant !...

Il y eut un instant de flottement. Lelièvre et Ganguylen abasourdis, seul Barrière poursuivit avec calme :

– Alors ?

– Alors on s'est dit, avec l'Henri, que le toubib avait sûrement pas envie que sa femme ou les gens du coin sachent ça ! Pas vrai ? Alors le Besseyre, il y est allé comme en consultation, et il lui a dit que, s'il voulait de la discrétion, ben fallait la payer ! Il a pas fait d'histoires le Tixier, il a raqué tout de suite ! Trop content de s'en sortir comme ça !

– Et, depuis dix ans, il n'a jamais protesté, jamais cherché à se sortir de votre chantage ?

– Ben, c'était un arrangement honnête : il payait et on la fermait.

– Honnête ? Ça lui a tout de même coûté la bagatelle de 240 000 francs en dix ans, cette histoire-là !

– Et ça lui aurait coûté combien si les gens d'ici avaient appris qu'il était pédé, hein ? Vous imaginez ?

Fleur Ganguylen acquiesça machinalement de la tête en tapant ces derniers mots sur le clavier : ça, elle l'imaginait volontiers ! Le major Lelièvre ne put s'empêcher d'intervenir :

– Mais voyons, le docteur Tixier est marié, il a des enfants !

Ce fut Barrière qui lui répondit, avec juste la petite touche de commisération nécessaire pour lui faire sentir la bêtise de son propos :

– Mais enfin, Lelièvre, d'où sortez-vous ? Il y a plein de gays qui sont mariés et pères de famille par peur du regard d'autrui ! Des doubles vies, vous en avez entendu parler ?

Vexé par la réprimande de son supérieur, Régis Lelièvre le regarda en coin, trouvant soudain louche cette façon de prendre la défense des pédés. Peut-être que le lieutenant Barrière... lui aussi ? Mais il n'eut pas le temps de pousser plus avant ses réflexions car Yves Barrière reprenait déjà :

– Et Mauzane ?

– Oh, Mauzane, c'était presque rien. Tout le monde au bourg sait qu'il a une maîtresse depuis des années ! Mais sa femme, elle est pas au courant. Les premiers intéressés sont toujours les derniers informés ! A peu près vers la même époque, on est tombé sur un paquet que sa chérie lui avait envoyé à la pharmacie, pour son anniversaire, avec de grandes déclarations et le reste ! C'était presque trop facile ! Mauzane non plus n'a pas pipé...

Barrière laissa passer un instant, ses longs doigts fins tapotant nerveusement la table :

– Et cette Violette ? Qui est-ce ? C'était quoi, encore une histoire d'adultère ?

Exupère Vignal eut une sorte de grimace bizarre, entre contrition et résignation :

– Violette, j'étais pas d'accord pour lui demander du pognon, c'était une histoire passée, et c'était pas nos oignons...

Fleur Ganguylen, à cet instant précis, se retint soigneusement de faire remarquer que le reste non plus, ce n'était pas leurs « oignons ». Le facteur poursuivait :

– Mais l'Henri, il voulait la punir, comme il disait, d'avoir fait ça à son ami. Parce que la Violette, c'est la Violette Courtial, la femme du Raymond ! C'est une histoire compliquée. Violette, c'est pas une fille du coin, c'est une étrangère, elle sort de Clermont-Ferrand, et on sait pas trop comment ils se sont rencontrés, le Raymond et elle... Quand il l'a ramenée, après leur mariage, vu qu'elle connaissait personne, elle était un peu bêcheuse. La seule avec qui elle s'entendait bien, c'était Marie-Louise, la sœur de Raymond. Et puis ça s'est fait, avec les années, et maintenant, elle est bien appréciée, la bouchère ! Toujours aimable, arrangeante et bien honnête. Une brave femme ! Sauf que, un jour, dans une lettre un peu grosse qu'on avait ouverte parce qu'on pensait qu'il y avait de l'argent dedans, on a trouvé tout un dossier, envoyé par un médecin de Clermont-Ferrand. Il disait comme ça qu'il était à la retraite mais qu'il avait quand même reçu la visite de la fille de Violette. Elle avait réussi à le retrouver avec les papiers de l'hôpital et, à présent, elle voulait aussi rencontrer sa mère. Le médecin donnait toutes les coordonnées de sa fille à Violette pour si, des fois, elle voulait bien la contacter. Vous vous rendez compte ? La Violette qui avait *cassé son sabot* avant de se marier, qui avait eu un enfant à 20 ans, et qui l'avait abandonné ! Alors que Raymond et elle n'ont jamais pu en avoir ! L'Henri, il disait que c'était une *puta*, une *pelaude,* et qu'il fallait la faire payer. Mais on pouvait pas lui demander beaucoup vu que le Raymond faisait les comptes du ménage et de la boutique. Elle se débrouillait quand même, fallait bien...

Vignal les regarda tour à tour, comme pour les prendre à témoin, puis, sa verve tarie, se tut. Lelièvre fixait le facteur avec ahurissement, pas tant pour la malhonnêteté dont il avait fait preuve, que pour les révélations qu'il venait de leur faire. Dans le silence qui avait suivi la déposition d'Exupère Vignal, Fleur prit la parole :

– Et Dine ?

– Quoi, Dine ? Ça, pour Dine, j'en sais rien.

J'suis pas au courant ! Faut me croire, c'est vrai, ça, j'suis pas au courant.

*

Violette Courtial finit de mettre le couvert en chantonnant et jeta un œil à sa montre. Douze heures trente. Raymond ne devrait pas tarder.

Violette aimait la vie régulière que lui offrait Raymond, entre les horaires de la boucherie, les jours de tournée et ceux de repos. Elle appréciait le sérieux de son mari, son honnêteté, son amour du travail bien fait. Elle s'émouvait encore, après toutes ces années communes, de la tendresse qu'il lui manifestait, de ses petites attentions, de son sourire chaleureux, et de ses grosses mains malhabiles pour tout ce qui n'était pas son métier. Malgré leur différence d'âge, elle trouvait encore Raymond séduisant : un petit bonhomme qui avait su rester svelte et alerte malgré ses presque 65 ans !

En fait, en dépit du temps qui passait, Violette était toujours amoureuse de son mari. C'est pourquoi c'était un réel déchirement pour elle de ne pas avoir pu lui donner d'enfant et, surtout, d'avoir dû lui cacher l'existence de celui qu'elle avait eu, et abandonné avant leur mariage. Peu à peu, la vie avec Raymond lui avait permis de panser les plaies du passé jusqu'à ce jour maudit où ce salaud de

Besseyre, et Vignal son âme damnée, avaient découvert son secret. Depuis, honteuse et rongée par la culpabilité vis-à-vis de son mari, elle avait dû se résoudre à céder au chantage pour, en quelque sorte, protéger Raymond.

Mais ces temps étaient révolus, et Violette savait qu'à présent, rien ne viendrait plus menacer sa sérénité retrouvée : Besseyre, ce vieux saligaud, était mort et bien mort, quant au Vignal, la nouvelle de son arrestation par les gendarmes, le matin même, s'était répandue rapidement dans tout le village. On disait, au bourg, que l'Exupère traficotait avec les colis postaux, et même que, sûrement, il avait bien pu tuer son complice... Oui, la vie soudain s'éclaircissait !

La bouchère consulta sa montre une nouvelle fois et, constatant que Raymond était encore au magasin, décida d'aller le chercher : il ne faisait pas toujours attention à l'heure ! Violette traversa la cour, franchissant en quelques pas la distance qui séparait la maison de la boutique, portée par ce nouveau bonheur, légère de ne plus rien avoir à dissimuler à son mari, soulagée qu'il ne risque plus d'apprendre les épisodes sombres de son passé.

Raymond Courtial ne risquait plus d'apprendre quoi que ce soit sur le passé de sa femme, et celle-ci s'en rendit compte dès la porte de la boucherie franchie. Fort proprement pendu à l'un des crochets métalliques par une cordelette qui, rentrant dans les chairs de son cou en leur donnant un vilain aspect boursouflé, le maintenait juste un poil au-dessus du sol, le boucher contemplait, d'un œil mélancolique et vitreux, une tête de veau posée sur l'étal, qui lui rendait son regard à jamais éteint.

– VII –

Prunella déposa, avec beaucoup de soin et un peu de nostalgie, *Narcissus* et *Nephtali* dans le petit panier capitonné qu'elle utilisait pour le transport de ses chats. Elle ne put résister au plaisir de reprendre *Narcissus*, peluche ronronnante qui la fixait de ses grands yeux verts. Le chaton se lova confortablement dans ses bras et le ronronnement monta d'un ton.

– *Yes... Beautiful kitten...* Tu vas être bien, là où tu vas... Et je viendrai te voir...

Miss Peacock reposa *Narcissus* près de son frère et ferma le panier. Elle avait toujours un peu de mal à se détacher des chatons qu'elle vendait ou donnait. A chaque portée, c'était le même problème. Si elle s'écoutait, Prunella garderait tous les chatons de toutes les portées, mais là, vraiment, c'était impossible. Cette maison ressemblait déjà assez à l'Arche de Noé, et elle ne pouvait pas se permettre de se laisser envahir par ses orientaux.

Elle y avait d'ailleurs longuement réfléchi avant de se lancer dans cet élevage, et avait pris la ferme décision de ne pas céder à son penchant naturel, et de ne jamais garder un chaton, sauf circonstances exceptionnelles, *of course*. Bien sûr, elle se tenait à cette résolution limitant les portées de ses chattes, et choisissait avec un soin maniaque les futurs propriétaires de ses petits trésors. Mais, quand même, c'était toujours un moment difficile pour elle de se séparer des chatons.

Elle enfila son manteau, jetant un œil inquiet sur le panier de velours prune d'où *Lullaby*, collée aux deux autres chatons comme pour les protéger, lui lançait un œil réprobateur.

– *Oh sorry, sorry, Lullaby*. Tu sais bien que je ne peux pas faire autrement. Et de toute façon, dans quelques semaines, c'est toi qui n'en voudras plus ! *Don't worry*, ils vont être chouchoutés tes *babies* !

Puis, ignorant délibérément le regard sévère de la chatte, Prunella Peacock attrapa le panier et quitta la pièce.

*

Assis à la terrasse de l'hôtel-restaurant, profitant d'un pâle soleil d'avril, Théodore Mesnier rêvassait devant sa « mominette » fraîche. Les yeux fixés sur la boucherie, de l'autre côté de la place, il réfléchissait. Il vit Violette sortir de la maison, traverser la cour et entrer dans la boutique.

– Bon, pensa Mesnier, c'est parti de toute façon... et, poussé par la curiosité, il consulta sa montre et attendit.

Quelques instants plus tard, le « 4x4 » du médecin s'arrêta brutalement devant le magasin, et Armand Tixier en jaillit pour se propulser dans la boucherie. Théodore contrôla l'heure avec intérêt :

– Il ne rigole pas le toubib ! On peut dire qu'il n'a pas traîné ! Voyons la suite...

La suite ne se fit pas attendre. Environ cinq minutes plus tard, avec leur discrétion habituelle, les gendarmes débarquèrent toutes sirènes hurlantes et, laissant les OPJ sécuriser le périmètre à grands renforts de rubans fluorescents, la hiérarchie s'engouffra dans la boutique. D'où il était, Théodore Mesnier ne voyait que l'entrée du magasin, une petite partie de la vitrine, la cour que Violette avait traversée un peu plus tôt, et le pignon de la maison d'habitation. Le reste lui était caché. Il finit son apéritif tranquillement : il savait de quoi il retournait. Il était simplement curieux de voir, maintenant que tout s'était déclenché avant qu'il ne prenne une décision, si les flics remonteraient jusqu'à lui pour l'interroger.

Pour l'heure, les policiers n'en étaient pas là. A ce moment précis, rassemblés dans la boucherie, ils affrontaient, tant bien que mal, la situation : dans la partie du magasin la plus éloignée possible du cadavre, Violette, en pleurs, était soutenue du mieux qu'elle pouvait par Fleur qui lui murmurait les habituelles paroles de réconfort, aussi usées que vaines. Le major Lelièvre, conseillé par Barrière pour ne pas trop brouiller la scène du crime, s'apprêtait, aidé par le docteur Tixier, à décrocher le pauvre Courtial afin de l'allonger, comme ils pourraient, de l'autre côté du comptoir où tout le monde irait se regrouper pour cesser de piétiner l'endroit supposé stratégique.

Fleur Ganguylen, tout en tapotant machinalement l'omoplate de la bouchère, observait le tableau qui prenait des allures surréalistes : la bouchère, statue désolée d'où sortaient, à intervalles réguliers, des sanglots et reniflements éplorés, les trois hommes sombres comme leurs costumes, discrètement affairés, le boucher, héros involontaire et immobile, pendant au milieu des pièces de viande de toutes tailles, sous l'éclat froid des instruments métalliques et du carrelage immaculé...

Tout à coup, Fleur s'avisa malgré elle que la scène tragique qu'elle avait sous les yeux aurait pu prendre un aspect parodique si Raymond Courtial avait eu du persil dans les narines... Prise entre dégoût et fou rire nerveux, l'adjudant Ganguylen, honteuse d'une telle pensée dans une telle situation, offrit son aide au lieutenant Barrière pour les premiers relevés d'indices afin de chasser cette idée vraiment malvenue.

*

La fraîcheur de l'église saisit Stéphane. Elle aurait bien dû s'y attendre pourtant ! Elle avait beaucoup fréquenté ce genre de lieux jusqu'à ses seize ans... A la mort de son frère Paul cependant, une vague de révolte et de colère l'avait complètement détournée de toute croyance, de toute confiance en Dieu et en la justice divine. Elle croyait plutôt en la justice humaine, malgré ses défaillances. C'est pour cette raison qu'elle avait voulu devenir flic. Elle ricana : elle était en passe de n'avoir pas plus confiance en la justice des hommes qu'en celle de Dieu...

Machinalement, elle s'assit en bout d'une des travées, laissant son regard errer de part et d'autre, observant la sobriété des voûtes romanes, l'impression de solidité et de robustesse de l'ensemble. Sans y prendre garde, aidée, peut-être, par l'absolu silence du lieu et le vague parfum d'encens qui y flottait, elle s'abandonna à un calme qu'elle n'avait pas ressenti depuis de nombreuses années. Des émotions, des sensations oubliées ou soigneusement enfouies refirent inexorablement surface, ainsi que des réflexions brouillonnes et troublantes sur son métier, sa vie, sur elle-même.

Son métier était le plus facile à gérer. Pour elle, il s'imposait toujours comme une évidence, même si la dernière enquête, difficile, qu'elle avait menée avec Amaury, « l'affaire Desseauve » comme l'avaient baptisée les médias, l'avait profondément déstabilisée. Sa vie sentimentale était une autre histoire : chaotique, surprenante, parfois marginale, en dents de scie. On pouvait certes lui appliquer beaucoup de qualificatifs, mais sûrement pas celui de « satisfaisante » ! Stéphane reconnaissait que c'était en grande partie de sa faute : elle ne supportait pas la routine, l'habitude, l'ennui. Elle fuyait tout ce qui pouvait ressembler de près ou de loin, à la médiocrité, au flou, à la tiédeur ou tout simplement à la banalité... Elle se rendait bien compte qu'en plaçant la barre si haut elle risquait de ne jamais trouver l'âme sœur. Mais, après tout, la cherchait-elle vraiment ? A bientôt 31 ans, la jeune femme n'arrivait pas réellement à se poser, à avoir une idée précise de ce qu'elle voulait faire de sa vie. Depuis longtemps elle avait compris ce dont elle ne voulait à aucun prix mais, pour le reste, elle avait parfois l'impression de ne pas décider, de se laisser emporter par le hasard, sans rien maîtriser, et cette sensation l'angoissait et la déprimait au plus au point.

Elle poussa un profond soupir, gagnée par un désespoir soudain. Elle releva la tête vers les vitraux naïfs et colorés où dansaient les rayons de soleil de ce début d'après-midi.

Devant elle, dans le chœur, elle remarqua une silhouette agenouillée en laquelle elle reconnut le père Cheminade. Même de dos et d'un peu loin, il paraissait profondément accablé et ses épaules tressautaient légèrement, de façon irrégulière, comme s'il pleurait. Stéphane se sentit soudain affreusement gênée : le prêtre n'apprécierait sûrement pas qu'on le surprenne ainsi prostré. Elle s'apprêtait à se lever pour s'éclipser en silence lorsque Mélanie entra par la porte de la sacristie et, après une brève hésitation, se dirigea vers le religieux, lui posa la main sur l'épaule avec une grande tendresse et chuchota quelques mots que l'acoustique remarquable de l'église porta jusqu'à Stéphane :

– *Venio,* petit, *ane'zin.* Reste pas là à te faire du mal. Tu t'en demandes trop, René, tu t'en demandes trop. Ne te mange pas les sangs comme ça : tu peux pas porter tout le malheur tout seul... Allez, reste pas là, *venio, n'zenvan.*

*

Le lieutenant Yves Barrière était furieux. Il commençait à regretter d'avoir été nommé ici, sur cette enquête à Saint-Cyprien-les-Roches. Ce qui s'annonçait comme une promenade de santé plutôt agréable, du genre affaire facile, vite bouclée, nature et petits oiseaux, était en train de se transformer en parcours du combattant au sein d'un village même pas hostile mais buté, muet, replié sur lui-même.

Après le meurtre de Besseyre, toujours pas résolu, celui de Courtial survenait vraiment de façon inopportune. Car, à n'en pas douter, c'était à un nouvel assassinat qu'ils étaient confrontés. Avant que le docteur Tixier n'ait téléphoné pour les informer qu'il refusait le permis d'inhumer pour le boucher qui avait été trouvé pendu dans sa boutique, Barrière avait espéré qu'il s'agissait d'un suicide, mais, d'après leurs premières constatations, et avant les conclusions du légiste, il avait fallu se rendre à l'évidence : l'hypothèse d'un meurtre était la plus probable. Contre toute vraisemblance, le lieutenant se refusait à y croire complètement tant qu'il n'aurait pas le rapport de Legrand sous le nez, avec la conclusion écrite noir sur blanc.

Pour autant, ils avaient procédé à une première série d'auditions de témoins, toutes plus décevantes les unes que les autres. Bien sûr, autour de la boucherie, personne n'avait rien vu ni entendu. Dans la liste des clients venus chercher leur commande dans la matinée – retrouvée grâce au carnet où Raymond notait tout avec soin – aucun n'avait remarqué quelque chose d'anormal. Quant à Violette Courtial, le médecin lui avait administré un léger sédatif, et ils n'avaient pas encore pu l'interroger.

Yves Barrière asséna un grand coup de poing sur la table devant lui et jura de façon fort pittoresque : il en avait marre de ce bled, marre de ces paysans, marre de ces meurtres idiots ! Idiots, oui, car qui aurait pu vouloir tuer deux pauvres ploucs au fin fond de leur campagne ? Il poussa un soupir excédé : si ça se trouvait, les deux meurtres avaient peut-être même un rapport ! C'était la cerise sur le gâteau ! Un bref instant, le lieutenant envisagea de téléphoner à ses supérieurs pour leur demander de lui retirer l'enquête. Il eut alors la tentation de tout abandonner, de renoncer et de les laisser, tous autant qu'ils étaient, se débrouiller dans ce village. Et puis son naturel opiniâtre et combatif l'emporta, également la vision fugitive et surprenante du sourire de l'adjudant Ganguylen. Alors, haussant les épaules, il décida de rester un peu plus longtemps dans ce trou pour leur montrer de quoi il était capable.

A cet instant, comme un soutien à cette nouvelle résolution, le major Lelièvre fit irruption dans la pièce :

– Faites excuse, mon lieutenant, mais le docteur vient de téléphoner : la Violette est à peu près en état de nous recevoir.

– Madame Courtial, major, *madame* Courtial !

Quelques minutes plus tard, le lieutenant Barrière, le major Lelièvre et l'adjudant Ganguylen sonnaient chez Violette Courtial. Le docteur Tixier vint leur ouvrir, la mine inquiète.

– Elle vient juste de se réveiller. Ne la fatiguez pas trop, elle est très choquée. Sa belle-sœur Marie-Louise est arrivée tout à l'heure pour lui tenir compagnie.

– Ne vous faites pas de souci, docteur, répondit Yves Barrière, nous nous bornerons au strict nécessaire pour notre enquête. A ce propos, pourrons-nous venir vous voir également, plus tard, dans la soirée ?

– Mais je suis à votre disposition, bien sûr.

– Merci, docteur, à plus tard donc.

Et, contournant le médecin, les trois gendarmes montèrent les marches qui conduisaient à la chambre où se reposait Violette Courtial.

Cette dernière les accueillit avec calme, l'air un peu absent et perdu. Le lieutenant prit la parole le premier :

– Veuillez nous excuser de vous importuner

dans un moment pareil, madame Courtial, mais vous comprendrez que nous avons quelques questions à vous poser. Cela pourra peut-être nous aider à faire avancer l'enquête.

Violette Courtial eut un pâle sourire :

– C'est si difficile... je ferai ce que je pourrai... si ça peut aider à trouver qui a fait ça à mon pauvre Raymond...

Elle étouffa un bref sanglot. Les gendarmes s'assirent comme ils purent sur les sièges qui avaient été apportés dans la pièce, et Barrière demanda :

– Madame Courtial, pouvez-vous nous dire à quelle heure vous avez vu votre mari vivant pour la dernière fois ?

Violette eut une sorte de spasme mais répondit :

– Je l'ai vu à onze heures. Je suis allée au magasin pour chercher le rôti qu'il nous avait préparé pour ce midi.

A cette évocation, une grosse larme roula le long de l'arête de son nez.

– Avez-vous, à ce moment-là, remarqué quelque chose d'anormal ?

– Non, rien... tout était comme d'habitude. Nous avons même blagué sur la Léontine Chaput qui commande sa joue de bœuf tous les mardis.

Elle se tut, prostrée.

– Léontine Chaput ? fit Ganguylen qui consultait ses notes, elle n'était pas marquée sur le carnet de commandes de votre mari.

– Non, c'était pas la peine, tous les mardis, elle vient acheter de la joue de bœuf, quel que soit le temps ou la saison, elle ne manque aucun mardi ! C'est une idée qu'elle a... remarquez... à son âge...

– Et après, dans la matinée, êtes-vous retournée à la boutique ?

– Non, pourquoi j'y serais retournée ?

– De la maison, vous pouvez voir la cour ?

– Si je suis dans la cuisine, oui, autrement, non, et j'y suis pas tout le temps dans la cuisine.

– Et ce matin, avez-vous vu des gens traverser la cour ?

– Oua ! J'y crois bien !... La Michelle Rougeyron... la Mélanie... la Dorine Chapelat... et son père aussi, plus tard... la Léontine Chaput... Je sais plus...

– Et quelle est la dernière personne que vous avez vue, dans la matinée ?

– Ah, ça ! J'y sais bien : c'est la Léontine Chaput. Je venais juste de commencer à mettre le couvert, vers midi, midi quinze. Mais je vois pas tout le monde !

– Madame Courtial, savez-vous si votre mari avait des ennemis ?

– Raymond ? Des ennemis ? C'était une vraie bonne pâte d'homme... Des comme ça, on n'en fait plus ! Je crois que tout le monde l'aimait ici.

– Alors, pourquoi l'aurait-t-on tué ?

Il y eut un silence embarrassé...

Le lieutenant Barrière reprit :

– Madame Courtial, veuillez m'excuser de vous poser cette question, mais où étiez-vous le vendredi 25 avril dans la soirée ?

– Mais... chez moi. Avec mon pauvre Raymond, bien sûr.

– Madame Courtial, pourquoi Henri Besseyre vous faisait-il chanter ?

Violette Courtial ouvrit deux à trois fois la bouche, sans émettre un son, de façon convulsive, comme un poisson brutalement sorti de l'eau, et son visage perdit instantanément toutes les maigres couleurs qui lui restaient. Elle chevrota un :

– Je ne vois pas de quoi vous parlez.

– Vous ne voyez pas ! explosa brutalement Fleur Ganguylen. Vous ne voyez pas ! Ah non, ça, c'est trop facile ! Et cet enfant que vous avez abandonné sans vous en préoccuper, sans même donner de nouvelles, il n'existe pas, lui ? Vous ne voyez toujours pas, hein ? Vous imaginez-vous seulement ce qu'a pu être sa vie à lui et son besoin de savoir la vérité ?

– Ganguylen ! tonna Barrière, fermez-la !

Confuse, Fleur se tut, essayant de contenir l'accès de rage qui l'avait soudain envahie. Cependant, la sortie de l'adjudant n'avait pas été sans effet sur la bouchère : les larmes coulaient à présent sur son visage défait et, pâle et perdue, elle bredouillait des mots inintelligibles.

Il y eut un instant de flottement dans la chambre. Puis le lieutenant Barrière, très professionnel, reprit la situation en mains.

– Adjudant Ganguylen, prenez des notes et taisez-vous. Je ne veux plus vous entendre.

Puis, se tournant vers la récente veuve :

– Madame Courtial, veuillez excuser l'adjudant qui est novice. Expliquez-nous simplement pourquoi Henri Besseyre avait barre sur vous.

Violette Courtial leva vers le lieutenant des yeux désemparés, désespérés...

– Allez-y, madame Courtial, n'ayez pas peur. Si cela n'a rien à voir avec les meurtres, ça restera entre nous, je vous le promets.

Après un long silence, Violette commença avec hésitation :

– Eh bien, c'est une vieille histoire ! Mes parents étaient de petits épiciers de Clermont-Ferrand. J'étais leur fille unique, « leur perle » comme ils disaient. Ils m'ont élevée comme une princesse, mais à l'écart de toute réalité. Et puis, on n'était pas informé comme le sont maintenant les jeunes. J'étais naïve, crédule...

Elle poussa un profond soupir.

– A vingt ans, je suis tombée amoureuse d'un garçon du voisinage, un beau parleur, un coureur... et je ne me suis pas méfiée. En moins de temps qu'il ne faut pour le dire, j'étais enceinte.

Elle fit une pause, oppressée par ce souvenir douloureux.

– Forcément, j'ai mis plusieurs mois avant de me rendre compte de ce qui m'arrivait. Je ne savais rien de la vie, ajouta-t-elle sur un ton d'excuse. Quand j'ai compris, le ciel m'est tombé sur la tête. J'ai tout fait pour le cacher à mes parents : je me serrais dans mes vêtements, je mettais des blouses plus grandes, je lavais même tous les mois mes serviettes hygiéniques pour les étendre et pour que ma mère ne s'aperçoive de rien. La seule personne à qui j'avais pu en parler était la Marie-Louise Courtial. Elle était placée comme bonne, chez le médecin, au coin de la rue. Elle venait tous les jours au magasin faire les courses et, comme on était à peu près du même âge, nous étions devenues amies.

Violette Courtial s'arrêta à nouveau, bouleversée par ce retour en arrière, l'émotion intacte malgré les années écoulées...

– Elle était beaucoup plus délurée que moi la Marie-louise et, quand j'ai approché du terme, elle a demandé à mes parents si elle pouvait m'emmener en vacances dans son village. Mes parents ont dit oui parce que c'était une fille sérieuse qu'ils aimaient bien. En fait, je ne suis pas partie : Marie-Louise avait parlé de moi au docteur, c'était un brave homme qui en avait vu bien d'autres. Avec sa femme, ils m'ont accueillie, et je suis restée chez eux, avec Marie-louise, sans sortir ni l'une ni l'autre jusqu'au terme. C'est le docteur qui m'a accouchée, puis il a emmené l'enfant à l'hôpital où il a expliqué qu'il ne pouvait rien dire, rapport au secret médical, mais que ce bébé qu'il venait de mettre au monde, il était pour être adopté...

Il y eut un grincement de dents sinistre du côté de Fleur Ganguylen, mais personne ne sembla s'en rendre compte.

– Je ne savais pas que faire ! Heureusement qu'ils m'ont aidée ! Mes parents m'auraient jetée dehors, pour ça oui, et ça leur aurait brisé le cœur ! Je n'avais pas le choix...J'ai juste donné un prénom à ma fille : Rose. Je l'ai appelée Rose, comme moi je m'appelle Violette, un prénom de fleur...

Elle se tut longuement.

– Et après ? questionna Barrière avec beaucoup de douceur.

– Après ? Je suis rentrée chez mes parents au bout de deux ou trois jours, comme s'il ne s'était rien passé. Marie-louise m'a présenté son frère, un jour qu'il était venu la voir, et Raymond m'a tout de suite plu. Quand il a demandé ma main à mes parents, j'étais la plus heureuse du monde !

– Et Rose ? interrogea abruptement Ganguylen à qui le lieutenant décocha aussitôt une œillade sévère.

– Rose ? Je n'ai plus eu de nouvelles jusqu'à cette lettre, il y a dix ans. Par l'hôpital, Rose avait réussi à remonter jusqu'au médecin qui venait juste de prendre sa retraite et m'avait envoyé tous les papiers qu'elle lui avait donnés pour savoir si je voulais la rencontrer. Il ne lui avait pas dit qui j'étais, il lui avait juste promis de me contacter...

– Et... ? s'enquit Yves Barrière.

– Et rien. Que vouliez-vous que je fasse alors que Raymond ne savait rien, sa sœur ne lui a jamais rien dit, et trente années avaient passé ? Ça n'aurait servi à rien de toute façon : Rose avait été adoptée par des enseignants, elle était mariée et venait juste d'avoir un petit garçon... Elle n'avait plus besoin de moi...

– Bon sang ! Mais qu'est-ce que vous en savez ? explosa à nouveau l'adjudant Ganguylen.

– Ganguylen, cette fois ça suffit, sortez ! intervint le lieutenant Barrière.

Violette Courtial leva la main en direction du lieutenant, pour montrer que ça n'avait pas d'importance, et répondit :

– Rien, c'est vrai, je n'en sais rien, mais à l'époque j'ai pensé que c'était mieux. En tout cas, c'est à cause de la lettre du médecin qu'ils avaient ouverte, que Besseyre et Vignal ont commencé à me demander des sous. Qu'est-ce que je pouvais faire ?

Elle eut un nouveau soupir avant de se taire tout à fait.

A ce moment-là, un coup discret fut frappé à la porte et Marie-Louise Courtial entra, polie mais résolue :

– Excusez-moi, mais le docteur Tixier a bien recommandé de ne pas trop fatiguer Violette.

Le lieutenant Barrière se leva, imité par ses subordonnés :

– Nous avions fini de toute façon... Merci, madame Courtial et excusez encore l'adjudant Ganguylen. Nous vous tiendrons informée dès que nous aurons du nouveau.

Violette Courtial inclina la tête en signe d'acquiescement, puis se laissa aller contre ses oreillers, les yeux fermés.

Les gendarmes quittèrent la pièce, puis la maison. Ce n'est que dans la fourgonnette que le lieutenant se tourna vers l'adjudant Ganguylen, assise à l'arrière.

– Mais enfin, Ganguylen, qu'est-ce qui vous a pris ? Qu'est-ce que c'est que ce comportement ? Où vous croyez-vous exactement ?

Et, devant le mutisme obstiné de Fleur, c'est le major qui répondit :

– C'est que, lieutenant, l'adjudant est elle-même une enfant adoptée, abandonnée par sa famille, alors des fois, vous comprenez...

– VIII –

Le lieutenant Barrière avait envoyé le major Lelièvre récupérer le rapport du légiste et toutes les analyses que les labos auraient déjà pu effectuer en ce court laps de temps. Après tout, ça faisait à peine six heures que Courtial avait été retrouvé mort.

Accompagné de l'adjudant Ganguylen, il traversa la place, puis prit la rue qui descendait derrière le lavoir du bas vers la vieille forge depuis longtemps éteinte. Sans effort, les deux gendarmes marchaient d'un même pas rapide, ayant spontanément adopté une foulée identique. Barrière était assez content de s'être débarrassé de Lelièvre. D'abord il avait eu envie, tout à coup, de rester un peu seul, même professionnellement, avec l'adjudant Ganguylen dont la personnalité piquait sa curiosité, et surtout ils allaient de ce pas décidé interroger le docteur Tixier, et Yves Barrière se méfiait des éventuelles gaffes ou réflexions de son balourd de major.

Ils arrivèrent devant une petite maison de construction assez récente, quoique de style traditionnel. Rompant avec les générations de médecin qui l'avaient précédé, Armand Tixier n'avait pas voulu avoir son cabinet couplé à son domicile et, désireux de protéger sa vie familiale et son intimité, avait fait construire ce bâtiment lors de son installation, sur un terrain qui avait appartenu à sa mère. Conçue pour le cabinet médical, la maison était de plain-pied, avec un petit parking devant la façade. Sur la porte, la plaque en cuivre indiquait « *Docteur Armand Tixier. Médecine générale.* ».

L'entrée se faisait directement dans la salle d'attente où se trouvaient déjà deux femmes en grande conversation. Elles se turent à l'arrivée des gendarmes. Après les avoir saluées, ces derniers s'assirent, mais la conversation ne reprit pas pour autant.

Fleur reconnut dans l'une des femmes, Laetitia, la compagne de Michel Chapelat, qui venait visiblement pour le suivi de sa grossesse. Mais elle ne put mettre un nom sur l'autre femme, plus âgée. Yves Barrière détaillait les lieux sans en avoir l'air, vieux réflexe professionnel. Il nota la peinture murale jaune pâle, un peu défraîchie, l'étagère sur laquelle s'étalaient des dépliants sur l'hygiène, les vaccinations, le tabac, l'alcool, les MST et autres aléas de santé, les affichettes au mur qui indiquaient les horaires des consultations avec ou sans rendez-vous, la conduite à tenir en cas d'urgence avec les numéros du SMUR local, du centre anti-poisons le plus proche, jusqu'à la pile hétéroclite et bancale de revues abîmées sur la table basse.

En face d'eux, les deux femmes tentaient l'exercice difficile de les observer sans en avoir l'air tout en cherchant à deviner les motifs de leur présence chez le médecin du bourg.

Un bruit de voix se fit entendre et la porte intérieure s'ouvrit, livrant passage au médecin et à un homme qui prenait congé. La femme la plus âgée se leva et sortit avec lui. Armand Tixier se tourna vers les gendarmes :

– Je n'ai pas fini mes consultations ; je vais vous faire attendre...

– Ce n'est pas grave, docteur. Faites votre travail, nous attendrons.

Se tournant vers Laetitia, le médecin enchaîna :

– Allez, viens. A nous. Alors, comment va ce bébé ?

– Vous connaissez un peu ce médecin, Ganguylen ?

– Très peu. Je l'ai croisé plusieurs fois, bien sûr, mais je ne suis jamais venue le consulter. J'ai plutôt une bonne santé. La seule fois où j'ai eu un petit problème, c'était une entorse, et je suis allée voir Mélanie.

– Mélanie ?

– Oui, la bonne du curé. C'est une panseuse.

– Une panseuse ?

– Une sorte de guérisseuse. Pour tous les « petits maux » ! Bien sûr, pour les problèmes graves, elle dit elle-même qu'elle ne peut pas faire grand-chose, mais, pour le reste...

– Allons, Ganguylen ! On est au vingtième siècle ! Vous n'allez pas me dire que vous croyez à ces histoires de bonnes femmes !

– En tout cas, ça marche, répliqua Fleur d'un ton sec.

Yves Barrière se le tint pour dit et s'éloigna de ce terrain propice aux différends.

– Et sa femme, madame Tixier ? Vous la connaissez ?

– Encore moins. Je sais qu'elle ne travaille pas et qu'elle passe une bonne partie de son temps sur les routes, à conduire les enfants à l'école et à leurs nombreuses activités extrascolaires. Je sais aussi que leur fils aîné vient d'avoir quinze ans et qu'il est depuis cette année, en pension dans un lycée privé ultra select de Clermont-Ferrand. Tout le village en a parlé parce que le fils de Mauzane, le pharmacien, n'a pas été admis, lui, dans ce lycée. L'admission se fait sur livret scolaire, du moins officiellement... Mauzane et Tixier ne peuvent pas se souffrir, c'est une vieille haine qui remonte à leur jeunesse paraît-il. A la suite du refus essuyé par son fils, Pascal Mauzane est allé raconter partout que Tixier avait payé et bénéficié de piston pour que son fils intègre le lycée. Ça n'a fait qu'envenimer leurs relations...

– Et que fait le fils du pharmacien alors ?

– Ah, ça, je n'en sais rien. On pourra peut-être demander à son père quand on ira l'interroger sur le chantage dont il faisait l'objet. Mais je peux vous dire que Pierre Tixier, lui, a son avenir tout tracé : il sera médecin, comme son père, son grand-père, et son arrière-grand-père.

– Ah, la famille et ses traditions ! Quel boulet !

– Tout le monde ne peut pas avoir la chance d'être abandonné par ses parents, je suppose, répondit Fleur avec amertume.

Avant que le lieutenant, confus, ne puisse rattraper sa gaffe, le médecin reconduisant Laetitia, entra dans la pièce. Il ferma le verrou de la porte d'entrée derrière la jeune femme :

– Je n'ai plus de rendez-vous prévu. Comme ça, on sera tranquille. Si vous voulez bien me suivre...

Tixier ferma la porte du cabinet médical, matelassée pour l'insonorisation, et leur fit signe de s'asseoir :

– Je suppose que vous voulez recueillir ma déposition sur ce qui s'est passé ce matin ?

– Oui, répondit Barrière, mais pas seulement. Nous aimerions également vous parler de deux ou trois autres choses.

Une ombre de contrariété flotta un instant sur le visage du médecin.

– Je vous écoute, dit-il.

– Non, c'est nous qui vous écoutons : racontez-nous votre version des faits de ce matin.

– Eh bien, ce ne sera pas très long. Je terminais mes visites et revenais, vers le bourg, lorsque mon portable a sonné. C'était Violette Courtial, en pleurs. Entre deux sanglots, j'ai cru comprendre qu'il s'était passé quelque chose de grave au magasin, et je m'y suis donc rendu le plus vite possible. En arrivant, je n'ai pu que constater le décès de Raymond, et je vous ai appelés tout de suite, comme le veut la loi en cas de mort non naturelle. Voilà tout.

– Docteur Tixier, est-ce vous qui soignez monsieur et madame Courtial ?

– Je les soigne, comme je soigne tout le monde ici !

Il ajouta, avec un sourire ironique :

– Les gens n'ont pas vraiment le choix : je suis le seul médecin du bourg et des environs proches. Mon premier confrère est à quinze kilomètres.

Il continua, vaguement nostalgique :

– Du temps de mon père, le bourg comptait trois généralistes, et même un dentiste.

Il haussa les épaules avec fatalité :

– Les jeunes ne veulent plus s'installer en campagne : trop difficile, trop d'heures de travail, des gardes constantes, aucune facilité, aucun des agréments de la ville. Nous, les généralistes de campagne, nous sommes des dinosaures ! Encore quelques années et nous aurons tous disparu !

Poursuivant son idée, le lieutenant Barrière enchaîna :

– Si vous soigniez Raymond Courtial, peut-être pourriez-vous nous dire s'il était dépressif, s'il avait un problème de santé grave, ou même s'il paraissait inquiet, s'il parlait d'éventuels ennemis ?

– Je ne peux pas entrer dans les détails, vous connaissez le secret médical, mais je peux vous dire que Raymond jouissait d'une excellente santé. Par ailleurs, tout le monde vous le dira, c'était un homme plutôt heureux de vivre et apprécié par tous. Son seul chagrin était de ne jamais avoir eu d'enfant.

– Savez-vous pour quelles raisons les Courtial n'ont pas pu avoir d'enfant ?

– Nous n'en avons jamais parlé ensemble et, quand je me suis installé en 1981, Violette avait déjà 44 ans. C'est mon père qui s'était occupé d'eux pour ce problème mais, vous savez, à l'époque, on ne faisait encore pas grand-chose contre la stérilité. Peut-être aurait-il fallu aller dans une grande ville, dans un CHU, et les gens d'ici n'avaient pas trop l'habitude de consulter pour ça. Ici, il y a peu et même encore pour certains, on fait plus confiance aux toucheurs, aux panseurs, comme Mélanie, ou aux rituels magiques, aux lieux sacrés, aux reliques, aux saints...Vous seriez étonnés de la survivance de toutes ces vieilles croyances ! Il y a les rites d'avant le mariage pour éviter la stérilité. Par exemple, un peu plus loin d'ici, dans l'Allier, vous avez la *jouannado*, à La Crouzette où les jeunes gens se réunissaient pour casser des œufs et manger une omelette sur un rocher tabulaire, mais le rocher est brisé aujourd'hui. Il y a aussi les rites pendant le mariage : ceux-là servent à éviter la stérilité, bien sûr, mais aussi l'impuissance ce que nos ancêtres appelaient « le nouage de l'aiguillette ». Et puis, si la progéniture tarde à venir, il y a le culte des pierres sur lesquelles on s'asseoit, sur lesquelles on se frotte, ou des fontaines dans lesquelles on se baigne, par-dessus lesquelles on saute. Dans notre région, vous en trouvez un peu partout : l'Auvergne est riche en sources ! Et vous avez encore la ressource des pèlerinages : les vierges noires en particulier...

– Mais enfin, interrompit Barrière, vous, docteur, en tant que scientifique, qu'en pensez-vous ?

– Oh, moi, dit Armand Tixier, du moment que ça ne nuit pas aux gens, que ça ne les incite pas à arrêter leurs traitements, ça ne me dérange pas. Chacun est libre de chercher le soulagement de ses maux où il peut : chez le médecin, le sorcier ou le Bon Dieu, nous ne sommes pas en concurrence !

Au final, qui sait ce qui a un effet réel ou un effet placebo ? Vous savez, mon métier rend philosophe !

Il se tut, visiblement satisfait de son petit discours, l'aspect placide et bon enfant du médecin ouvert et compréhensif, l'air serein de celui qui en a vu bien d'autres, connaît et comprend la nature humaine.

– Philosophe au point d'accepter le chantage ?

Il y eut un instant de stupeur immobile... Barrière, en son for intérieur, reconnut que le coup, même bas, avait été astucieusement porté. Il regarda Ganguylen du coin de l'œil : paraissant détachée, presque indifférente, elle attendait la réponse à sa question. Le docteur Tixier encaissa remarquablement. L'air curieux de celui qui n'a pas compris la question ou qui doute de son bien-fondé, il demanda d'un ton courtois :

– Excusez-moi, je ne comprends pas bien votre question.

Fleur Ganguylen regarda le médecin droit dans les yeux et répéta poliment mais fermement :

– Je me demandais, docteur, si la philosophie acquise dans l'exercice de votre profession vous aidait à supporter le quotidien, le chantage plus particulièrement.

Armand Tixier fronça imperceptiblement ses épais sourcils :

– Oui, effectivement, cela m'aide probablement dans mon quotidien. Vous savez, quand on côtoie tous les jours, la maladie, la souffrance, la mort, on relativise les petits soucis de sa propre vie. Pour le chantage, je ne sais pas. Je ne vois pas trop à quoi vous faites allusion.

– Allons, docteur, enchaîna Barrière, venant seconder sa collègue, nous avons retrouvé tous les carnets de comptes et de notes d'Henri Besseyre, et son complice, Exupère Vignal est passé aux aveux ce matin. Nous savons qu'ils vous faisaient chanter depuis de nombreuses années.

– Ah ! commenta sobrement Tixier.

Juste « Ah », sans plus, sans soupir, sans même un changement d'expression ou d'attitude. Juste une discrète crispation des doigts sur le stylo Mont-Blanc qu'il tournait et retournait contre le cuir de son sous-main.

– Docteur, voudriez-vous nous parler de ce chantage, nous raconter ce qui s'est passé ?

– Non. Pas du tout. Je ne souhaite pas vous en parler.

– Veuillez excuser mon insistance, poursuivit Barrière, je crains que nous ne nous soyons mal compris, mais quand j'ai dit « voudriez-vous », c'était une formule de politesse. En fait, j'attends votre déposition précise sur cette histoire de chantage.

– Mais ça n'a rien à voir avec la mort de Besseyre !

– Ça, docteur, c'est à nous d'en juger.

Armand Tixier se tut, visiblement très contrarié. Il réfléchit longuement, puis demanda :

– Vous me jurez que ce que je vais vous dire restera entre nous ?

– Je ne peux pas vous jurer ce genre de choses, monsieur Tixier, mais je peux toutefois vous assurer que si tout cela n'a aucun rapport avec le meurtre, rien ne sortira d'ici.

– Bon, soupira le médecin.

Le lieutenant Barrière lança un rapide coup d'œil à Ganguylen qui ouvrit son bloc-notes et s'apprêta à écrire.

Après un long silence, Armand Tixier commença :

– C'est une vieille histoire, une très vieille histoire. En fait, ça remonte à mon adolescence... Je suis rentré, en seconde, dans un lycée privé de Clermont-Ferrand où se retrouvaient des fils de notables ou de gens fortunés. On était sensé y recevoir une éducation « haut de gamme » avec, bien sûr, un enseignement de haut niveau, et également des cours de musique, d'équitation et de diverses disciplines qui paraissaient indispensables à l'existence que nous mènerions plus tard.

– C'est le lycée où étudie votre fils aîné ? interrompit le lieutenant.

Tixier eut un sourire ironique :

– Non. Je n'aurais pas exigé ça de mon fils. Il est, effectivement, dans un établissement réputé, mais laïc, mixte et ouvert sur le monde. Mon ancien lycée était un internat de garçons, fermé sur lui-même et tenu par des jésuites. D'ailleurs, il n'existe plus. Sans vouloir tomber dans le cliché, je dois bien reconnaître que les histoires amoureuses entre garçons y étaient fréquentes. Dans ce milieu uniquement masculin c'était banal, et personne ne s'en offusquait. Oh, bien sûr, les choses n'étaient pas dites : on parlait de *meilleur ami*, mais tout le monde savait, et ça n'avait pas d'importance, c'était comme une sorte d'initiation avant le passage à l'âge adulte. Sortis du lycée, les garçons reprenaient une vie normale, faisaient leurs études, se mariaient et oubliaient cet aspect de leur histoire, sauf moi... pour qui, ça n'a pas été pareil... Pendant toutes ces années de scolarité, j'avais été très amoureux d'un de mes camarades qui semblait répondre à cette *amitié*. Nous partagions tout : repas, études, loisirs et... le reste. En Fac, je me suis vite aperçu que je n'étais pas comme les autres. Les filles ne m'intéressaient pas, enfin pas dans le sens où elles auraient dû. J'ai voulu continuer à voir mon ami, d'autant plus qu'il était « de par chez nous », je pensais que ça nous faisait un point commun de plus. Mais il m'a envoyé bouler sans ménagements, me disant que les trucs de gosses c'était fini, qu'il n'était pas une tantouze et que je ferais mieux moi aussi de grandir, de vivre normalement, et qu'il ne voulait plus entendre parler de moi. Ce fut très douloureux. Je n'arrivais pas à comprendre pourquoi, tout à coup, rien n'était plus possible, pourquoi il avait été si dur, pourquoi je n'étais pas comme les autres. Heureusement, mes études m'ont bien aidé ! Je ne savais pas alors qu'il existait des lieux de rencontres, des bars, des salles de sport ou des revues pour les gays...

Il eut un sourire amer :

– Et d'ailleurs, à l'époque, ça n'existait peut-être pas, ou alors pas en province. Et puis, à qui en parler ?

– A vos parents ?

– A mes parents ? Des notables de province typiques, mon père médecin, fils de médecin, totalement dévoué à ses patients. Il était de la génération des praticiens qui entraient en médecine comme on entre dans les ordres. Pour lui, son métier était un sacerdoce. On ne le voyait pas beaucoup à la maison : ma mère s'occupait du quotidien et nous élevait, ma sœur et moi... C'étaient de braves gens qui nous aimaient profondément. Imaginez : mon père était né en 1917. Ça les aurait tués, ils auraient été incapables de comprendre. Je n'y arrive déjà pas moi-même, encore maintenant...

– Et votre sœur ?

– Nous n'avons jamais été très proches. Elle était plus âgée que moi, nous n'étions pas ensemble à l'école, nous n'avions pas les mêmes amis. J'ai fini par me résigner et je me suis dit que peut-être il fallait vraiment que je grandisse... C'est à peu près vers cette époque que j'ai pris la succession de mon père, au bourg. La même année est arrivée une nouvelle institutrice, Mathilde. Elle était charmante, cultivée, intelligente, pleine d'humour... sauf que c'était une femme, ajouta-t-il avec un sourire triste. Nous avions beaucoup de points communs, et elle était très amoureuse. Je l'ai épousée. Elle a cessé de travailler à la naissance de notre premier enfant.

Le médecin s'arrêta un instant, passa une main lasse sur son front moite...

– Je ne sais pas pourquoi je vous raconte tous ces détails, peut-être parce que je n'ai jamais vraiment eu l'occasion d'en parler à quiconque...

Les deux gendarmes eurent un hochement de tête compréhensif. Armand Tixier poursuivit :

– Il y a environ douze ans, peu de temps après la naissance de notre deuxième enfant, à l'occasion d'un congrès médical à Paris, je suis tombé par hasard, à la gare, sur un mensuel gay. Si vous saviez comme cela a été comme une révélation, une porte ouverte, une bouffée d'espoir... Entendons-nous bien, fit-il, marquant une pause et prenant le temps de regarder les policiers bien en face, j'aime énormément ma femme, j'ai beaucoup de respect pour elle et mes enfants comptent plus que tout. Mais j'ai besoin de cette autre partie de ma vie, j'ai besoin de vivre une sexualité entre hommes, de partager une relation différente. C'est tout un pan de ma vie que je ne peux plus renier. Alors, j'ai essayé d'équilibrer le tout, de concilier les deux : ma vie ici, auprès de ma famille, et des échappées plus ou moins régulières dans de « grandes » villes, le plus souvent Paris. Je me tiens informé par les revues et par Internet. Cela n'enlève rien aux qualités de ma femme. Au contraire, je suis plus équilibré, plus heureux et tout le monde y gagne.

Cette dernière phrase laissa Fleur Ganguylen un peu perplexe. Elle demanda :

– Et Besseyre ?

– Besseyre avait un complice, Exupère Vignal, mais vous le savez déjà. Ils trafiquaient tous les deux dans des petits trucs minables dont les gens se doutaient à moitié. Ils détournaient les paquets que livrait Vignal et c'est comme ça, qu'un jour, ils sont tombés sur un envoi qui m'était destiné. Besseyre est venu me mettre le marché en mains. J'ai accepté, pour ma famille et mes patients. Que pouvais-je faire ? Voilà, ajouta-t-il en tentant un pauvre sourire, vous savez tout.

– Pas tout à fait, remarqua Yves Barrière, nous aimerions aussi connaître votre emploi du temps le vendredi 25 avril, entre huit heures et minuit.

– Je suppose que j'étais chez moi. Non, attendez ! C'était vendredi dernier, n'est-ce pas ?

– Oui, absolument.

– Alors, j'étais de garde. J'ai été appelé deux fois tard dans la soirée. Une fois à La Vilatte pour le petit Dequaire qui avait de la fièvre, et une autre fois, ici au bourg, pour Dine.

– Vous n'avez pas vu Besseyre, ce jour là ?

– Ah si ! Mais plus tôt dans la journée, en fin d'après-midi. Il avait reçu... disons... un coup mal placé. Vous êtes au courant, non ?

– Oui, confirma Ganguylen, le coup de bêche de Miss Peacock, nous savons.

– Quelle femme ! commenta le médecin avec un soupçon d'admiration. Un sacré coup de pelle, je peux en témoigner !

– Et vous n'avez pas revu Besseyre après ?

– Pas vivant, non.

– Mais vous auriez pu, je suppose, lors de vos deux sorties nocturnes ?

– Je suppose que ça aurait été possible, en effet, mais ce n'est pas le cas.

– Bien, docteur. Bien sûr, vous ne quittez pas le bourg tant que nous n'avons pas vérifié tous les horaires de la nuit du 25, n'est-ce pas ?

– Oui. Bien entendu. Mais je suis tranquille.

– En tout cas, nous vous remercions de votre franchise.

Les gendarmes se levèrent pour prendre congé. Mue par une de ses impulsions subites, Fleur demanda soudain :

– Le garçon dont vous étiez amoureux, celui qui était votre ami au lycée... vous disiez qu'il était du coin ?

Le médecin hésita à peine :

– Oui. C'était Pascal Mauzane, le pharmacien.

*

Accoudée à la fenêtre de sa chambre, Stéphane Brandoni fumait une dernière cigarette avant de se coucher. Malgré le froid de ce début de nuit et la pluie qui avait commencé à tomber depuis quelques minutes, Stéphane préférait fumer « à l'extérieur » de la pièce car, curieusement, elle n'avait jamais supporté l'odeur de tabac froid.

Le clocher sonna la demie de dix heures. A cette heure tardive, le village était désert, comme vidé par une catastrophe soudaine. Seuls les rares lampadaires communaux, quelques lueurs fugaces qui sourdaient au travers de volets clos ou les aboiements d'un chien témoignaient d'une présence humaine et animale.

Le froid, la pluie, l'ennui... A nouveau, Stéphane se demanda ce qu'elle était venue faire ici. Elle ne regrettait pas vraiment, mais elle se sentait bizarre, différente... Eloignée de ses repères quotidiens, de sa vie agitée, de sa famille et de son cadre de vie, elle était comme en suspens, en équilibre instable entre le passé ravivé par les retrouvailles avec Fleur, et le futur, dans un présent chaotique et perturbant. Loin du stress habituel, Stéphane se surprenait à se coucher tôt, vite fatiguée, et à faire de longues nuits de sommeil sans pour autant avoir la sensation de se reposer. Ses longues promenades aux alentours lui fournissaient matière à rêverie, mais aussi prétexte à réveiller des souvenirs qu'elle pensait bel et bien enterrés, ou des réflexions dont elle se serait volontiers passée... Elle eut un sourire amer : en fait, elle était en train de s'offrir une retraite physique, intellectuelle et méditative, tout ce dont elle avait horreur...

Elle haussa les épaules, écrasa soigneusement le mégot dans le cendrier qu'elle cala sur le rebord de la fenêtre lorsque des bruits de voix étouffés lui parvinrent. Avec un réflexe d'une rapidité toute professionnelle, elle éteignit sa lampe et, dans l'obscurité, se pencha vers le jardin. Les voix provenaient de l'entrée du presbytère dont la porte entrebâillée laissait échapper un ruban lumineux sur une partie de l'allée et quelques touffes de muguet. Les narines remplies du parfum des clochettes, et les cheveux trempés par la pluie persistante, Stéphane entendit tout d'abord une voix masculine, plus très jeune, qui suppliait :

– Je t'en prie, Mélanie, toi seule peux m'aider !

Et ensuite, la voix basse et sèche de Mélanie :

– Oh pas ! Je ne ferai rien ! Rien pour ton pauvre corps. Rien pour ta vilaine âme. Je n'ai pas oublié, moi. Prie notre Bonne Dame de Saint-Cyprien si elle veut bien encore t'écouter ! Prie-la que ! Et maintenant, *ve t'in, bougre de degus !*

La porte se referma, rendant le jardin à son mystère, et une forme aux détails masqués par l'obscurité s'éloigna furtivement.

– IX –

Le temps, à peu près clément ces derniers jours, s'était brutalement dégradé et ce matin, tout semblait noyé dans une sorte de brume froide et uniforme qui peignait le paysage de reflets désespérés. Stéphane claqua rageusement sa fenêtre après avoir ouvert ses volets :

« Quel temps de merde ! »

Elle monta d'un cran le petit convecteur de la chambre et sortit un « k-way » de son sac de voyage : elle n'allait pas se priver de jogging pour ça !

Elle tira rapidement sur son lit pour le refaire. Une onde de tristesse l'envahit, et le souvenir d'Arakis et de leurs jeux matinaux la prit au dépourvu, lorsque la siamoise sautait de toutes parts, s'enroulant dans la couette comme pour l'empêcher de faire le lit. Refusant de céder à la mélancolie, la jeune femme attrapa son vêtement et, fermant la porte derrière elle, dévala l'escalier.

Le froid la saisit dès qu'elle mit le pied dehors. Elle s'arrêta un bref instant, respira profondément, puis s'engagea, à petites foulées sur la place, se dirigeant vers la sortie du village. Tout en courant, elle réfléchissait au dialogue surpris hier soir, se demandant si cela avait un rapport avec l'un ou l'autre des meurtres, se promettant d'en parler à Fleur dès ce soir, puisqu'elles devaient dîner ensemble. Comme elle pensait à son amie, elle croisa la camionnette de gendarmerie roulant en sens inverse, et la coïncidence la fit sourire.

Ses foulées régulières l'amenèrent rapidement à l'étang. Le brouillard s'étant un peu levé, en dégageait les contours, mais il persistait une brume légère qui flottait, aérienne, s'effilochant par bribes, comme une vapeur au-dessus de l'eau. Il y avait quelque chose de fantomatique dans le paysage. Un oiseau passa en criant, frôlant la surface de l'étang, puis tout redevint d'un calme irréel. Stéphane se sentit soudain comme une intruse au milieu de cette sérénité du petit matin et, tournant les talons, elle emprunta une petite route qu'elle ne connaissait pas encore, mais qui semblait revenir vers le bourg.

Au bout de plusieurs centaines de mètres, elle prit sur sa droite un étroit chemin, sans réfléchir avant de déboucher soudain dans ce qui avait dû être une cour de ferme. Bien que la végétation ait, peu à peu, repris ses droits, on en distinguait encore les limites. Au fond, les ruines d'une maison jouxtaient celles d'une probable grange. Les fenêtres béantes, le toit écroulé, les pierres calcinées donnaient à l'endroit un caractère sinistre. Stéphane avança avec prudence et jeta un œil par une des ouvertures : des débris métalliques tordus, quelques objets intacts mais usés par le temps, des vestiges du quotidien envahis par les ronces... La jeune femme frissonna. Elle avait l'impression de revoir les maisons d'Oradour-sur-Glane qu'elle avait visitées, adolescente, avec ses parents.

– Le feu... murmura-t-elle.

– Oui, répondit une voix derrière elle, le feu... Et si vous montez un peu plus haut, par ce même chemin, vous trouverez une autre maison, plus petite, dans le même état.

– Encore vous ! s'insurgea-t-elle sans se retourner.

– Excusez-moi. Je vous ai vue passer en contrebas et, je l'avoue, je vous ai suivie.

– Ah oui ? Et pourquoi donc ?

– Mais, pour vous servir de guide, bien sûr, dit-il avec un sourire désarmant.

Stéphane resta un bref instant sidérée par tant d'aplomb. Mais elle enchaîna :

– Eh bien, puisque vous êtes là, expliquez-moi ce qui s'est passé ici.

– Un incendie...

– Oui. Merci. Ça, je l'avais déduit toute seule, et vous me l'avez déjà dit.

– Un accident, semble-t-il, je n'en sais pas plus. Il y a une quarantaine d'années environ, mais les jeunes ne savent rien et les plus vieux ne disent rien. Essayez, vous verrez : ils se ferment comme des huîtres, lèvent les bras au ciel et parlent d'un accident affreux. Vous en savez autant que moi.

– Ah !

Elle ajouta avec perfidie :

– C'est vraiment peu ; je croyais que vous étiez historien ?

– Je le suis, mais ça ne me donne pas accès à tout ! Et puis mes recherches ne portent pas sur la « petite histoire » du village.

– C'est dommage, vous êtes un type curieux tout de même, dit-elle avec une soudaine sincérité. Vous savez qu'au village on raconte que vous avez été légionnaire ?

– Tiens, remarqua-t-il, ça aussi, ils le savent.

Il y eut un silence. Mi-agacée, mi-intéressée, Stéphane enchaîna :

– Mais enfin, qui êtes-vous exactement ?

Théodore Mesnier eut un sourire ambigu mais plein de charme :

– Qui je suis ? Ce que dit Goethe : « *un hôte triste sur la terre obscure* ».

*

Stéphane remontait tranquillement vers le bourg, perdue dans ses pensées qui tournaient un peu autour des ruines découvertes plus tôt, et beaucoup trop à son goût, autour de Théodore Mesnier. C'est pourquoi elle ne remarqua l'agitation inhabituelle sur la place que lorsqu'elle en fut à l'entrée. Elle se souvint soudain que René Cheminade lui avait parlé du marché hebdomadaire du mercredi matin...

Une petite demi-heure plus tard, la jeune femme, douchée et son argent en poche, imitait les nombreux badauds qui flânaient déjà, malgré le vent froid qui rougissait les oreilles et glaçait les doigts. Stéphane passa rapidement devant les étals de viande ou de fruits et légumes, et s'intéressa plutôt aux produits du terroir, produits artisanaux et productions locales. Contournant l'inévitable stand d'objets « africains », elle prit le temps d'aller d'un commerçant à l'autre, de discuter, de découvrir... L'atmosphère était agréable, sympathique, et en dépit du vent froid qui hérissait la peau, les gens ne semblaient pas pressés. Stéphane prenait plaisir à se détendre, à observer aussi bien les marchandises que les chalands, s'amusant de l'étonnante diversité de ces derniers : des femmes en blouses, fichus et gros manteaux, d'autres en jeans, bottes et doudounes, des hommes en bleu de travail, chemises à carreaux et vestes de velours, des vieux avec leur canne... Les propos s'échangeaient haut et fort, avec force plaisanteries, tantôt en français, tantôt en patois, bizarrement aussi, parfois en anglais ou en hollandais...

Après avoir fini son tour de marché, Stéphane se retrouva chargée comme une mule. Elle avait trouvé des savons au miel pour Cécile et Juliette, du miel mille fleurs pour son frère et Laurence, des confitures à la châtaigne et aux mûres pour ses nièces, de la saucisse sèche et du Saint-Pourçain pour ses parents. Elle avait aussi craqué pour un adorable petit train en bois pour son filleul, le dernier fils d'Amaury, et pour une écharpe tricotée main qu'elle se réservait pour les jours de grand froid, à moto. Les joues rouges, les yeux brillants, et satisfaite comme une gamine, elle franchit le seuil du presbytère, les bras surchargés par ses achats.

Elle passa devant la salle à manger dont la porte était grande ouverte, apercevant au passage le prêtre et Mélanie parlant près de la cheminée. Après le froid vif du dehors, elle ressentit soudain un curieux bien-être, comme si elle rentrait chez elle, dans une chaleur accueillante et familière. La voix bourrue de Mélanie lui parvint :

– C'est-y pas Dieu possible d'être chargée comme un bourri ! Allez ! Allez vite me poser tout ça et vous *échandir* que j'ai fait un bon pâté de pommes de terre pour ce midi !

Effectivement, l'odeur qui provenait de la cuisine était porteuse de délices futures...

Stéphane revint sur ses pas et passa la tête par la porte :

– Dites, à propos, j'ai vu ce matin des maisons en ruines un peu en dehors du village, en tournant à gauche à l'étang. Savez-vous ce qui s'est passé ?

Instantanément, les visages de René Cheminade et de Mélanie se fermèrent. Le silence se fit pesant dans la grande pièce, juste assez longtemps pour que Stéphane se demande ce qu'elle avait bien pu déclencher, puis Mélanie reprit la parole, presque naturelle :

– Allez, venez que ! Il ne faut pas secouer les choses endormies... le passé... après, ça fait trop de douleurs... c'est fini tout ça ! C'est le présent qui compte, et mon pâté va brûler ! Allez, *venio !* On vous attend.

Sans demander son reste, mais se promettant bien de revenir sur le sujet, Stéphane se précipita dans sa chambre pour y déposer ses achats, avant de redescendre partager un repas qui promettait d'être succulent.

*

René Cheminade observa longuement l'assemblée clairsemée qui lui faisait face, et prit la parole :

– Mes chères sœurs, mes chers frères dans le Christ, nous sommes réunis ce jour pour accompagner Henri Besseyre sur son chemin vers le Christ, notre Seigneur, et entourer sa famille de notre affection.

Le prêtre se rendait bien compte que ses propos avaient peu d'échos dans l'assistance. Seuls, la famille et quelques proches étaient présents : Henri Besseyre n'était pas très aimé au village. Et, même parmi ses frères et sœurs qui étaient là, tous les six pour l'occasion, seule la Jeanne semblait peinée qui sanglotait sur l'harmonium, et encore... Aussi René n'ajouta rien au rituel, s'en tenant à une sobriété qui lui seyait et, supposait-il, arrangeait les participants.

La messe fut bouclée rapidement, jetant sur le chemin du cimetière le prêtre, deux enfants de chœur et la famille, décidés à affronter, par nécessité, le temps hostile, afin d'inhumer à peu près chrétiennement un homme peu aimé et même plutôt détesté.

*

Il faisait froid. Il faisait gris. Il faisait triste. Au vent glacial du matin s'était ajoutée, depuis le début de l'après-midi, une pluie fine et persistante qui estompait, uniformisait, noyait les paysages et les gens. Les rares passants étaient recroquevillés, emmitouflés, pressés... Nul ne s'attardait... Ce n'était pas encore l'heure de l'apéritif, tout au plus celle du thé, et pourtant les lumières, municipales ou privées, avaient déjà commencé à s'allumer dans le village.

C'était le genre de temps qui vous poussait à la dépression... pensa le lieutenant Barrière, vaguement mélancolique, en se dirigeant à grands pas, vers la gendarmerie, les pans de son imperméable flottant autour de lui. Il en franchit le seuil avec soulagement, appréciant de se retrouver enfin au sec et au chaud. Il se débarrassa de son vêtement, réajusta soigneusement sa veste et entra dans la salle de réunion. Le major Lelièvre s'y trouvait déjà, planté devant l'une des hautes fenêtres, regardant dehors d'un air maussade :

– Si ça continue comme ça, ça va être joli demain, pour le pèlerinage !

– Le pèlerinage ?

– Oui, le pèlerinage à la Chapelle de la Vierge Noire : il coïncide avec le premier mai, ou, plutôt, c'est le premier mai qui coïncide avec lui, parce que le pèlerinage existe depuis des centaines d'années, depuis la construction de l'église.

– Ah oui... bien..., répondit Yves Barrière que ce

genre de considérations laissait parfaitement indifférent. Où est Ganguylen ? ajouta-t-il avec brusquerie, à deux doigts de la mauvaise humeur.

– Elle arrive, mon lieutenant.

Au même instant, Fleur entra dans la pièce, précédée par l'arôme du café. Elle tenait d'une main une verseuse fumante et, de l'autre, trois mugs réunis par les anses. Elle posa le tout sur la table, près de la fenêtre où se trouvaient les deux hommes :

– Si vous voulez qu'il soit chaud, il faut le boire maintenant.

Toute mauvaise humeur envolée, Barrière fit un sourire ravi à la jeune femme :

– C'est vraiment une bonne idée, Fleur ! Ça va nous réchauffer et nous redonner un peu d'énergie !

Sans paraître remarquer que le lieutenant l'avait appelée simplement par son prénom, Ganguylen s'assit, se servit et poussa la verseuse vers ses collègues qui en firent autant. Chacun savourait sa boisson, laissant ses effets bénéfiques agir en silence. On n'entendait que la pluie sur le toit, les bourrasques capricieuses du vent, le tic-tac de la pendule administrative qui trônait au-dessus de la porte, et le ronflement intermittent du gros radiateur à bain d'huile...

Au bout de quelques minutes de grâce, Barrière, redevenu tout à fait lui-même, posa son mug sur la table avec un bruit sec :

– Bon, allons-y. Qu'est-ce que nous savons, maintenant, exactement ?

Le major Lelièvre eut une sorte de grimace qui signifiait assez bien qu'ils ne savaient pas grand-chose...

– Allons, Lelièvre, faites fonctionner vos méninges, mon vieux !

Le lieutenant se leva, attrapa un feutre au passage et se planta devant le chevalet de conférence. D'un geste énergique, il arracha la feuille sur laquelle s'attardaient les prévisions de congés annuels de la brigade, puis traça un trait vertical qui partageait la nouvelle feuille en deux : il inscrivit *Besseyre* en haut de la première colonne ainsi formée, et *Courtial* en haut de la deuxième.

– On récapitule, annonça-t-il. Commençons par Besseyre : qui avait un mobile pour le tuer d'après ce qu'on sait pour l'instant ?

– Tixier, Mauzane et Violette Courtial, dit Ganguylen, à cause du chantage.

Yves Barrière notait au fur et à mesure.

– Exupère Vignal : un règlement de comptes entre complices, hasarda Lelièvre.

– Quelqu'un de sa famille, pour l'héritage ?

– Miss Peacock ? Ils se haïssaient et elle l'avait déjà frappé dans l'après-midi...

Ils s'arrêtèrent, à court d'idées.

– Bien, fit Barrière. Prenons dans l'ordre : Tixier avait un mobile et il est sorti deux fois la nuit où Besseyre a été tué. Il a reconnu lui-même fort imprudemment que, matériellement, passer chez Besseyre aurait été faisable. Mauzane : il avait aussi le mobile, mais pas la possibilité. Ce soir-là, avec sa femme, ils recevaient des amis, et il ne s'est pas absenté de la soirée. Lelaidier a vérifié auprès des amis.

Yves Barrière raya soigneusement le nom du pharmacien sur sa liste.

– Madame Courtial, dit Fleur, elle avait le mobile.

Le lieutenant réfléchit un instant :

– Elle en avait aussi la possibilité. Son alibi ne tient plus avec la mort de son mari : elle a dit qu'elle avait passé la soirée avec lui...

– Mais, intervint Lelièvre, se servir d'une carabine, c'est pas très féminin, ça !

– Voyons, Lelièvre, épargnez-nous vos considérations ringardes ! Quelqu'un qui est décidé à tuer, homme ou femme, peut vraiment se servir de n'importe quoi, selon les opportunités. Après, c'est une question de force physique mais, pour une arme à feu, ça n'intervient pas !

Le major se le tint pour dit et se tut, la mine renfrognée. Décidément, les manières de ce blanc-bec ne lui plaisaient pas ! Ah, évidemment, il n'était pas une jeune femme, lui, Régis Lelièvre ! Il n'avait pas de grands yeux asiatiques en amande, lui ! On ne l'appelait pas par son prénom, lui ! La mine sombre, il s'enfonça dans un silence boudeur.

Sans paraître s'en apercevoir, ses deux collègues poursuivaient :

– Exupère Vignal pouvait avoir un mobile, mais il a un solide alibi. C'est Charmes qui est allé voir les beaux-parents : ils ont confirmé. Les frères et sœurs, sauf surprise, n'ont pas vraiment de mobile. En tout cas, pas pour l'héritage, parce que, avec le peu que laisse Henri Besseyre, après le partage, il ne restera quasi rien ! Quant à la possibilité, ils vivent tous loin d'ici, sauf Jeanne qui, par ailleurs, est une vraie grenouille de bénitier !

– Il nous reste Miss Peacock, enchaîna l'adjudant, mais, même avec un bon mobile et des aveux en bonne et due forme, elle a aussi un alibi en béton, vérifié par nos soins.

Le lieutenant Barrière jeta un œil sur sa liste, il ne restait que deux noms non rayés : Armand Tixier et Violette Courtial. Il resta un instant pensif et reprit :

– Passons à Courtial, si vous voulez bien. Lelièvre, quand vous aurez fini de bouder !...

Le major jeta un regard noir à son supérieur hiérarchique mais s'abstint de toute réflexion. Il se redressa sur sa chaise pour se donner l'air intéressé. Yves Barrière attaqua l'autre moitié de la feuille. Il y eut un long silence : personne n'avait de proposition à faire.

Au bout d'un moment, l'adjudant Ganguylen hasarda :

– Euh... Violette Courtial avait la possibilité de tuer son mari. D'après le légiste, il a été attaqué par derrière et on lui a noué la cordelette autour du cou. Il n'a pas eu le temps de réagir. C'était vraisemblablement quelqu'un qu'il connaissait : pourquoi pas sa femme ?

– Mais, objecta Lelièvre, elle n'aurait pas eu la force de le pendre au crochet après !

– Mmmm, pourquoi pas ? Parfois, avec l'énergie du désespoir ou celle de la colère....

– Mais pourquoi l'aurait-elle tué ? reprit le major. Elle l'aimait apparemment.

– Elle l'aimait ! explosa l'adjudant. Elle l'aimait ? Comment peut-on croire une seule minute qu'une femme capable d'abandonner son propre enfant puisse aimer qui que soit ?

– Ganguylen ! rugit le lieutenant. Ça suffit avec ça ! Je vous ai déjà demandé de faire la part des choses, bon sang ! Quelle qu'elle soit, votre histoire ne doit pas interférer dans votre travail !

Lelièvre se réjouit en silence de voir qu'il n'était pas le seul à se faire rembarrer vertement. Ganguylen avait blêmi sous la remontrance ; elle se resservit un café, plus pour se donner une contenance que par réelle envie.

Yves Barrière reprit, d'un ton un peu moins bourru :

– Mais votre suggestion n'est pas inintéressante. Madame Courtial avait, en effet, la possibilité de tuer son mari. Quant au mobile, même si elle l'aimait, on pourrait presque imaginer...

Il se tut un instant.

– Evidemment, c'est une hypothèse à envisager avec une grande prudence, mais supposons que Violette Courtial, lasse de son chantage ou profitant d'une occasion inespérée, tue Besseyre. Son mari, pour quelque obscure raison, devine ce qu'elle a fait... et elle est obligée de le tuer à son tour... Je vous l'accorde, ça fait beaucoup de « si » et pas mal de suppositions, mais c'est une possibilité qu'on ne peut pas classer sans l'étudier plus sérieusement.

Il entoura le nom de Violette Courtial sur la feuille, puis après une brève réflexion, ajouta un nouveau tiret sous les deux éventuels suspects qui leur restaient et ajouta « autre ».

– Autre ? interrogea Lelièvre.

– Oui : autre personne ou autre possibilité. Quelqu'un que nous n'avons pas encore trouvé ou à qui nous n'avons pas encore pensé. Et toute autre possibilité : par exemple, nous ne savons même pas si les deux crimes sont liés. Si Violette Courtial a tué Besseyre, on peut supposer qu'elle a aussi tué son mari, mais si c'est Tixier qui a tué Besseyre, qui aurait tué Courtial, et pourquoi ?...

Dans le silence qui suivit cette interrogation on entendit frapper, et la porte s'ouvrit sur Charmes et Lelaidier :

– Faites excuse, mon lieutenant, mais on a pensé que vous seriez peut-être intéressé par ce que nous venons d'apprendre...

– Oui ?

– On vient de chez la Léontine Chaput, comme vous nous aviez demandé. Elle est bien allée chez le boucher vers midi, hier. Mais, en repartant et en passant près du lavoir du bas, elle a croisé le Théodore Mesnier. Elle dit qu'il lui a demandé si la boucherie était encore ouverte, qu'elle lui a répondu oui, et qu'il lui a dit que ça l'arrangeait bien vu qu'il avait besoin d'y aller. Il est alors parti vers le magasin...

– X –

La réunion de travail s'était prolongée suite aux informations apportées par Charmes et Lelaidier. Ils avaient longuement débattu de ce nouveau témoignage qui menait à Théodore Mesnier, essayant d'en analyser toutes les implications et formulant de multiples hypothèses... Bien sûr, ils entendraient Mesnier dès le lendemain matin en dépit du férié du premier mai.

Fleur Ganguylen regarda l'heure : elle avait le temps d'aller chez Miss Peacock avant de retrouver Stéphane au restaurant, comme prévu lors de leur dernière soirée passée ensemble, lundi. En s'y prenant bien, elle aurait peut-être même le temps de repasser chez elle pour se doucher et se changer : il n'était pas question de rester en uniforme pendant sa soirée de détente ! La jeune femme jeta un œil par la fenêtre : la pluie s'était enfin arrêtée, et elle décida de faire le court trajet à pied.

Il n'y avait pas besoin de sonnette chez Miss Peacock : à peine Fleur était-elle arrivée devant le portillon, se demandant comment prévenir de sa présence, que des aboiements frénétiques se firent entendre. Des jappements hargneux se rapprochèrent : une petite chienne blanche et frisée, sortit en trombe de l'écurie, par une trappe battante visiblement aménagée à cet effet, pour se précipiter vers Ganguylen. Pendant que cette dernière considérait avec amusement la petite chose ronchon qui s'agitait devant elle, la trappe s'ouvrit à trois reprises pour laisser passer successivement une sorte de bâtard poilu qui s'avança d'un air calme, émettant deux ou trois aboiements graves, plus polis qu'hostiles, un schnauzer géant gris qui s'assit posément, sans aucun bruit, mais sans la quitter un seul instant du regard, et enfin un chien de race indéfinissable, à l'allure de chiot malgré une taille déjà respectable, qui s'approcha de Fleur, la queue frétillante, en quête de caresses.

– Eh bien, pensa la jeune femme, quel comité d'accueil !

A cet instant, la porte s'ouvrit, et Prunella Peacock sortit de la maison.

– Bonsoir, adjudant Ganguylen, entrez, je vous en prie. Ne vous occupez pas de *Curly*, elle est toujours en train de râler, *Jasper* ne vous dira rien si je suis là, et les deux autres sont des amours !

La maison sentait à la fois le chien mouillé, le feu de bois, le cake aux raisins et le thé à la bergamote. Alchimie bizarre, mais agréable. Assise dans le petit salon, près de la cheminée, Fleur avait accepté avec reconnaissance le thé offert par Prunella et faisait connaissance avec l'univers kitch et cosy de celle-ci. Les chiens étaient restés dehors. Miss Peacock expliquait que, si dans la journée les animaux étaient plutôt libres de leurs allées et venues dans la maison et à l'extérieur, le soir, en revanche, les chiens devaient regagner l'étable, abandonnant alors la maison aux chats. De tous ses animaux, seuls les orientaux, chats d'intérieur, mais surtout chats de race, ne sortaient pas, car elle ne voulait pas prendre le risque de se les faire voler. Suivant du regard le geste de Miss Peacock, Ganguylen découvrit avec étonnement des chats hauts sur pattes, maigres, bizarres, sortes de croisement incongru entre levrette et chauve-souris, et somme toute assez laids. Bien sûr, elle se garda de faire part de cette appréciation à son hôtesse....

Fleur posa avec précaution le bol rococo sur la table basse et, interrompit avec un sourire contrit le flot d'explications que Prunella continuait à déverser à propos de ses orientaux :

– Excusez-moi, Miss Peacock, je viens encore vous déranger à propos de la mort d'Henri Besseyre.

– C'est tout ce qu'il méritait ce *bastard* !

Avec ce qu'elle savait à présent sur Besseyre, Fleur n'était pas loin de partager l'opinion de son interlocutrice, mais elle n'en laissa rien paraître.

– Miss Peacock, que savez-vous exactement sur Henri Besseyre ?

– *Well...* C'était un vilain coco... Je me suis vite rendu compte que certains des animaux que j'hébergeais disparaissaient bizarrement. Enfin, les chiens et les chats essentiellement ! Souvent, je voyais le *bastard* rôder autour de chez moi... J'en ai déduit qu'il kidnappait mes bêtes pour les revendre à Fontanières ?

– A Fontanières ?

– Oui, au laboratoire de cosmétique « *Bella Dona* », pour leurs essais je suppose...

– Mais vous n'avez pas de preuves ?

– Des preuves ? *No, of course...* Mais il me l'a avoué le jour où il a été tué.

– Quand vous êtes allée rechercher votre chien, comme vous nous l'avez raconté ?

– Oui, et ce n'est pas tout ! Je crois qu'il faisait chanter le docteur Tixier et... c'était un vieux... *how do you say...* saligaud ?

L'adjudant eut un mouvement de surprise en entendant Prunella lui parler de chantage.

– Pourquoi dites-vous qu'il faisait chanter le docteur Tixier ?

– Oh ! Je ne sais pas, je n'en suis pas sûre, je n'ai pas de preuves... Et, en plus, je ne vois pas ce qu'on pourrait reprocher à ce médecin ! Mais je l'ai déduit de ce que m'a raconté Amandine.

– Amandine vous a dit quelque chose à propos d'un chantage ?

Prunella Peacock eut un sourire d'une grande tendresse :

– Vous connaissez Amandine : elle ne m'a rien dit de tel, *of course*... Mais elle m'a raconté qu'elle avait souvent aperçu le docteur donner de l'argent à Besseyre... Je me suis dit : pourquoi lui donner de l'argent ? Il n'avait rien à vendre ! Alors, j'ai pensé à son silence, peut-être n'est-ce pas ?

Elle se tut.

Fleur Ganguylen reprit une gorgée de thé tout en observant du coin de l'œil les ébats de deux chatons qui se chamaillaient dans un panier de velours prune, sous le regard indulgent de leur mère.

– Pourquoi dites-vous que Besseyre était un saligaud ? Pour tout ça ?

Miss Peacock maugréa quelque chose d'inintelligible et, à son tour, se pencha sur son bol.

– Miss Peacock, nous avons retrouvé les agendas de Besseyre où il notait tous ses petits trafics. Mais il y a une chose que nous ne comprenons pas : certains jours, il inscrivait « Dine », comme ça, sans explication, sans autre commentaire. Est-ce que ça vous évoque quoi que ce soit ? Je sais que vous êtes une amie de la petite. Etes-vous au courant de quelque chose ? Est-ce qu'il la faisait travailler ? Des ménages peut-être ? Est-ce qu'il l'utilisait dans ses trafics ?

Ces questions déclenchèrent un effet inattendu. Prunella Peacock passa par toutes les couleurs avant de se lever brusquement, sous l'œil surpris et réprobateur des chats alanguis aux différents points stratégiques de la pièce, pour arpenter avec rage le salon et lancer :

– Il notait ! Il notait ! *Damned bastard ! Son of a bitch !* Il notait !...

Tout aussi brutalement elle se rassit, saisit les mains de Fleur dans les siennes et, les serrant avec force, poursuivit :

– J'ai tout fait, *you know*, je suis même allée voir les parents... Personne ne m'a crue... Personne n'a bougé... La petite Amandine... *oh ! God !...*

Elle poussa un profond soupir, lâcha les mains de l'adjudant et, machinalement, se mit à caresser un des chatons qu'elle avait attrapé par réflexe alors qu'il passait à sa portée. Un ronronnement étonnamment puissant pour une si petite bête apaisa peu à peu Prunella. Elle fixa Fleur, qui s'était bien gardée, pour une fois, de se manifester, et reprit la parole :

– Amandine, tout le monde la prend pour une débile, une folle ! C'est pourtant une petite fille charmante, douce, prévenante, même si son intelligence ne s'est pas développée. Certains se moquent d'elle, d'autres en ont peur, d'autres disent juste qu'elle est « innocente », simplette... Moi, je peux vous dire que personne n'aime les animaux comme elle ! Même *Jasper* l'adore ; elle fait ce qu'elle veut de lui. Même *Horace* ou *Miss Joy* ne bronchent pas quand elle s'en approche. C'est une enfant attachante que j'aime beaucoup ! Un jour où on prenait le thé toutes les deux après avoir soigné les bêtes, elle m'a raconté, avec ses mots à elle, qu'Henri Besseyre lui faisait « des choses », qu'il la touchait partout, qu'il l'obligeait... enfin, vous voyez, n'est-ce pas, adjudant Ganguylen ?

Horrifiée, Fleur Ganguylen voyait tout à fait, effectivement, ce dont voulait parler Miss Peacock.

– Mais pourquoi n'a-t-elle rien dit ?

– Parce que c'est Amandine. Sa logique est celle d'une toute petite fille, et Besseyre lui avait dit de ne pas parler, sinon il ferait du mal à son petit frère Anselme qui est son adoration. Alors elle se laissait faire, elle ne disait rien, sauf ce jour-là, chez moi, où elle m'a tout raconté, à sa façon, comme elle a pu...

Prunella Peacock marqua un nouveau temps d'arrêt, songeuse, perdue dans ce souvenir douloureux...

– Je suis allée voir ses parents. Vous connaissez ses parents ? interrogea-t-elle.

– Pas vraiment...

– Ils ne s'occupent pas d'elle. Son père est invalide, il ne travaille pas, et sa mère fait des ménages pour les familles aisées du bourg afin de nourrir toute la famille. Ils enchaînent les enfants à une vitesse effrayante ! Je leur ai dit que, peut-être, il y avait un problème avec Amandine et Besseyre, mais ils m'ont ri au nez ! Ils m'ont dit que j'étais une vieille folle qui voyait le mal partout, et que je ferais mieux de m'occuper de mes oignons ! Alors je suis allée voir le maire, Maurice Chapelat, mais Besseyre était son ami, alors... Et lui, lui, le *damned bastard,* il notait les jours où il la tripotait !

Le silence qui suivit ces propos s'éternisa dans la pièce. Fleur se leva soudain :

– Miss Peacock, je vous suis très reconnaissante de tout ce que vous avez bien voulu me confier. Je crois que je vais vous laisser à présent.

A son tour, Prunella Peacock se leva :

– Je vais vous raccompagner sinon *Jasper* ne vous laissera jamais partir !

Et, côte à côte, les deux femmes sortirent de la pièce.

*

Quand Fleur franchit la porte du restaurant, douchée, changée, mais à peine détendue, Stéphane l'attendait déjà, assise à une table près de la cheminée.

– Excuse-moi, je suis en retard. Il y a longtemps que tu es là ?

– Non, non, pas du tout, j'arrive seulement. Je m'apprêtais à demander une table dans un coin tranquille, ajouta la jeune femme avec un brin d'ironie, mais quand j'ai vu l'affluence, j'ai finalement choisi celle-ci, plus agréable.

Fleur s'assit en souriant. En effet, la petite salle était loin d'être bondée.

– C'est souvent comme ça hors saison, mais à partir de la semaine prochaine déjà, ça s'animera, et, en été, l'hôtel et le restaurant sont pleins.

Stéphane haussa un sourcil dubitatif :

– Forcément, avec cinq chambres...

– Ne ris pas ! Ces dernières années, avec la vague du retour à la nature, des vacances découvertes, de la randonnée, l'Auvergne redevient à la mode ! En plein été, sans compter les enfants ou les petits enfants qui viennent voir leur famille « au pays »,il y a pas mal de touristes dans le coin. Les gîtes sont loués d'une année sur l'autre, l'hôtel et le camping sont pleins, et le presbytère affiche complet...

Une jeune femme blonde s'approcha de la table.

– Vous avez choisi ?

– Euh...non, pas encore...

– Souhaitez-vous un apéritif en attendant ?

– Volontiers. Je vais prendre une Suze. Et toi, Stéphane ?

– Avez-vous de la Zubrowka ?

– Non, je ne pense pas...

– Bon, tant pis, je vais prendre aussi une Suze.

La jeune femme disparut.

– La Suze, c'est « couleur locale », non ?

– Tout à fait, acquiesça Fleur. Si tu veux, choisissons d'abord, et je te raconterai après. Je crois que j'ai besoin de parler, si ça ne t'ennuie pas, bien sûr...

– Tu sais bien que non... Que me conseilles-tu ? demanda Stéphane en se plongeant dans le menu.

– Eh bien, je crois que si tu veux rester dans la note « typique », tu devrais prendre une salade de pissenlits au lard, ensuite un lapin au chou et, en dessert, une pompe aux pommes.

– Vendu !

Elles passèrent commande à la serveuse revenue avec les verres de Suze et une coupelle de biscuits apéritifs.

– A la tienne !

– A la tienne et à ton enquête !

– Oh, mon enquête...

– Allez, raconte ! Où en êtes-vous depuis lundi ? Je sais que vous avez arrêté le postier et que le boucher a été tué : tout le village en parle. Alors, dis-moi plutôt le reste.

– Je vais te résumer d'une phrase : on est dans le flou le plus total ! On n'a aucun coupable en vue pour l'un ou l'autre meurtre, on ne sait même pas si les deux assassinats ont un rapport entre eux, et Barrière est furieux !

– Tiens, tiens, Barrière... parle-moi donc du lieutenant Barrière et de son beau sourire...

Fleur Ganguylen rougit violemment sous le regard taquin de son amie.

– Ecoute, si c'est pour me dire des âneries, je ne te raconte rien du tout !

– D'accord, d'accord, je préfère que tu me racontes !

Le temps de finir tranquillement l'apéritif, Fleur avait résumé par le menu à son amie l'interrogatoire d'Exupère Vignal, la découverte de Raymond Courtial par sa femme, les dépositions de Violette Courtial et du médecin, et les réflexions et conclusions de la réunion de travail de la soirée sans omettre la nouvelle piste qui semblait impliquer Théodore Mesnier.

– Mesnier ? dit Stéphane, ça me paraît peu probable : je ne le vois pas en assassin.

– Tiens, tiens, Mesnier... dit Fleur, moqueuse à son tour. Parle-moi donc de Théodore Mesnier, de son fascinant côté mystérieux et de sa belle voix grave...

Ce fut au tour de Brandoni de rougir :

– Hé, dis donc ! J'arrête mes âneries, mais tu arrêtes les tiennes !

– D'accord, déclarons une trêve !

Les deux femmes se sourirent, complices, amusées, pas dupes. Le service du premier plat changea opportunément le cours de la conversation.

– Humm, ça a l'air délicieux ! Bon appétit !

– Toi aussi.

Après quelques instants de silence, Stéphane reprit :

– Eh bien, dis-donc, c'est pire que « Dallas » : deux escrocs maîtres-chanteurs, une femme qui abandonne son enfant, un médecin pédé, marié, fâché à mort avec son ex-amant lui-même marié et avec une maîtresse ! Qui a dit qu'on s'ennuyait à la campagne ?

– Il y a bien pire, dit Fleur avec un air sombre.

– Ah ?

– Besseyre se tapait la petite Amandine, en lui disant que si elle ne se laissait pas faire ou si elle le racontait, il tuerait son frère Anselme pour qui la gamine a une véritable adoration.

– Oh, merde ! Quel salaud !

Stéphane posa ses couverts et sombra dans un profond silence...

Fleur posa doucement sa main sur celle de son amie :

– Stéphane, tu penses à Paul, n'est-ce pas ?

Brandoni hocha la tête affirmativement :

– Oui, lui aussi n'était qu'un enfant... Mais je retrouverai le salaud qui lui a fait ça ! C'est pour ça que je suis flic. Je le retrouverai, tu sais, dit-elle les larmes aux yeux, les gens sont vraiment trop moches ! Je ne m'y ferai jamais...

– Tiens, annonça Fleur après un silence, goûte-moi ce petit Saint-Pourçain, ça te fera du bien.

Stéphane but une gorgée du vin rouge qu'elles avaient commandé pour accompagner leur repas, prit le temps d'en apprécier la saveur, chassant de son esprit la noirceur qui s'y était installée, et se concentrant sur les informations données par son amie. Elle posa son verre :

– Tu sais, ta gamine, Amandine, elle aurait bien pu le tuer le vieux.

– Tu es folle, elle est débile !

– Justement, elle est imprévisible ! Ecoute : ce soir-là, Besseyre lui redit, pour la énième fois que, si elle n'est pas gentille, il va tuer son frère. C'est la fois de trop : elle décroche le fusil – il est toujours chargé, tous les témoins vous l'ont dit – et, comme elle l'a vu dans les films, elle tire. PAN ! Mort le vilain monsieur !

– Et elle pense à raccrocher le fusil ?

– Pourquoi pas ? Elle a sa propre logique, on ne peut pas savoir.

– Les empreintes ?

– Tu m’as dit toi-même qu’elles étaient ininterprétables.

– Et Courtial alors ?

– Pas forcément en rapport. Deux meurtres, deux assassins ! Pour Courtial, on peut envisager sa femme... ou même Mesnier, termina-t-elle après une légère hésitation.

Fleur réfléchissait à l’hypothèse de son amie, séduite par le raisonnement :

– Dine ? Oui, ça se tiendrait... c’est intéressant comme supposition, mais, je ne sais pas pourquoi, quelque chose me chiffonne...

Elle but à son tour :

– Pas mauvais, hein, ce petit vin ? Ah ! Je sais ce qui ne colle pas : Amandine était avec Prunelle Peacock, à la Genête, le soir du meurtre de Besseyre. Les témoins nous l’ont dit quand on a vérifié l’alibi de Miss Peacock.

– Ah bon ! Tant pis. C’était une bonne idée pourtant... Et les parents ? Supposons qu’ils apprennent le comportement de Besseyre avec la petite... Ils auraient peut-être pu le descendre ?

– Le père, c’est peu probable : il est en fauteuil roulant depuis plus de dix ans. Il a une jambe en moins, artérite je crois : il dit que c’est son diabète mais, au bourg, les gens disent que c’est l’excès d’alcool et de tabac.

Stéphane fit une grimace en regardant, sur la

table, son paquet de Benson voisinant avec la bouteille de vin.

– Et la mère ?

– Non, je ne crois pas. Elle est usée prématurément par les grossesses et son travail, et puis, tu sais, ils ont abandonné Amandine à elle-même... Elle court partout, ils n'y font pas vraiment attention. Je crois qu'ils s'en fichent un peu. Prunella Peacock dit qu'ils l'ont mise dehors en la traitant de vieille folle quand elle a essayé de les avertir. Mais on vérifiera, bien sûr ! Tu ne crois pas qu'on devrait commander une demi-bouteille de vin pour le fromage ?

Puis elle ajouta en regardant Stéphane :

– Tu sais, j'ai complètement déconné avec Violette Courtial ! Mais alors, complètement. J'ai pété les plombs ! Je n'en suis pas fière, ça non !

– Comment ça, pété les plombs ?

Ganguylen, honteuse de son manque de professionnalisme, raconta alors à son amie sa réaction excessive lors de l'interrogatoire de la bouchère, et conclut :

– Je ne sais pas ce qui m'a pris ! J'avais pourtant le sentiment d'avoir tout réglé lors de mon séjour au Vietnam, d'avoir fait la paix avec cette partie de mon histoire. J'ai retrouvé mes racines, mon pays de naissance ; j'en avais besoin, mais ma vie est là, avec mes parents. Pour moi, ce sont mes vrais parents, je l'ai complètement compris quand je me suis retrouvée là-bas, loin de ma famille. Mais quand cette femme a dit froidement, presque naturellement, qu'elle avait abandonné sa fille, je ne sais pas ce qui m'a pris, le prénom peut-être, un nom de fleur, comme nous... Il y a un truc qui doit encore coincer quelque part, dit elle avec une grimace d'excuse.

– Ça me paraît normal, tu sais, répondit Stéphane avec compréhension.

– Avec Anne-Maï, nous avons finalement trouvé le bonheur ici, des parents, une famille, une vie normale. Là-bas, si nous étions restées, nous aurions été des amérasiennes, des métis, des « *Con Lai* » et, tu sais que les Vietnamiens ne les aiment pas beaucoup les « *Con Lai* ». Pour eux, ils sont issus d'ennemis du Vietnam et, le plus souvent, on les appelle « *Bui Doi* », « Poussière de vie », une terrible injure...

– Je ne savais pas...

– Moi non plus, avant d'y aller et de rencontrer d'autres métis. Moi, j'ai toujours été bien accueillie, parce que les gens savaient que je ne resterais pas. Mais ceux ou celles que j'ai eu l'occasion de rencontrer souhaitaient être sélectionnés par le programme américain de rapatriement pour retrouver leur père aux USA ! C'est pour ça que je te dis que je devrais plutôt remercier ma mère biologique de nous avoir abandonnées !

Elle se reprit :

– Non, en fait, la chance n'est pas d'avoir été abandonnée, mais d'avoir été adoptée !

Stéphane hocha la tête avec sympathie :

– Je comprends que tu aies pété les plombs avec la bouchère !

Cette simple réflexion fit venir un sourire aux lèvres des deux amies et remit du baume au cœur de Fleur :

– Oui, toi, tu comprends, mais imagine Barrière !

– Bof, c'est si important que ça, pour toi, l'opinion de Barrière ?

Fleur réfléchit un bref instant puis, toute malice retrouvée, répondit :

– Peut-être bien autant que pour toi, l'opinion de Mesnier !

– XI –

Assis face aux trois gendarmes, Théodore Mesnier semblait détendu et plutôt à l'aise. Fleur Ganguylen, tout en mettant en route l'ordinateur vieillissant, observait l'homme à la dérobée. Il avait un visage volontaire mais agréable et ouvert, de longues mains fines mais puissantes, et il se dégageait de lui une sensation de sérénité, de force et un indéniable magnétisme. L'adjudant dissimula un sourire en pensant à Stéphane : chez Mesnier, elle comprenait ce qui pouvait à la fois agacer et attirer son amie.

– Bien, dit le lieutenant Barrière après s'être assuré que Ganguylen était prête, monsieur Mesnier, veuillez décliner votre identité, votre adresse...

– Mesnier. Théodore, Tancrède. Né le premier mai 1958 à Paris.

– Le premier mai ? s'étonna le major Lelièvre.

– Oui. Vous pouvez me souhaiter un bon anniversaire si vous y tenez, mais je ne pense pas que cela soit l'objet de votre propos, n'est-ce pas ?

Sans commentaire, Barrière enchaîna :

– Adresse ?

– Le Bourg. Saint-Cyprien-les-Roches.

– A longueur d'année ?

– Non, actuellement...

– Et autrement ? poursuivit le lieutenant qui sentait poindre une légère irritation devant l'attitude désinvolte de son témoin.

– Autrement ?

– Oui : lorsque vous ne résidez pas à Saint-Cyprien !

– Eh bien, mon Dieu, c'est selon les voyages, les vacances, les besoins professionnels... Vous savez ce que c'est...

– Non.

– Ah... Eh bien, disons que j'ai une autre adresse à Paris, rue Gabrielle à Montmartre. Mais mon adresse administrative et fiscale est ici.

– Et à Paris, vous y êtes souvent ?

– Ca dépend, disons qu'en moyenne, je suis six mois ici et six mois là-bas...

– Vous êtes marié ?

– Oui.

– Et votre femme ?

– Quoi, ma femme ? Je ne vois pas le rapport avec l'enquête : elle vit à Paris. Ma vie privée ne regarde que moi.

– Bien. Nous verrons... Profession ?

– Historien.

– Professeur d'histoire ? demanda Fleur pour préciser ce qu'elle était en train de taper.

– Non, je n'enseigne à personne, Dieu merci ! Je m'intéresse à l'histoire, je fais des recherches, j'écris...

– Et vous êtes publié ? interrogea le lieutenant avec une intonation plutôt sarcastique.

Mesnier se tourna vers lui en souriant :

– Là encore, je ne vois pas bien ce que ça vient faire dans votre enquête, mais, oui, je publie, et, avant que vous ne me posiez la question, oui, mes livres se vendent. J'ai même un certain succès ajouta-t-il, cabot.

– Au point d'en vivre ?

– Ma foi, oui. Disons que ça agrémente plutôt favorablement le capital laissé par mes parents.

– Vos parents sont décédés ?

– Bon, écoutez, fit brutalement Mesnier, se départissant soudain de son calme, vous avez une enquête à mener, je comprends. De mon côté, j'ai également mes occupations et je n'ai pas l'intention de passer ma matinée ici, surtout un premier mai. Venons-en au fait, si vous le voulez bien, et cessons de perdre votre temps et le mien dans des considérations qui n'ont rien à voir avec le sujet !

– Monsieur Mesnier, rétorqua plus que sèchement Barrière, c'est à nous de juger ce qui est ou non utile à notre enquête. Je vous conseille, par ailleurs, d'adopter un comportement plus coopératif et moins provocant, sinon je risque fort de vous inculper pour outrage à agent dans l'exercice de ses fonctions et obstruction à la justice !

Théodore Mesnier se contenta de sourire en silence, ce qui fit monter d'un cran l'exaspération du lieutenant.

– Très bien, monsieur Mesnier, allons donc droit au but et dites-nous ce que vous avez fait de votre matinée du 29 avril, c'est-à-dire avant-hier matin.

– Mais bien volontiers, répondit avec grâce Théodore Mesnier, son flegme retrouvé. Je me suis levé tôt, vers cinq heures trente, une vieille habitude. Petit déjeuner, douche. Je suis allé ensuite marcher pendant environ une heure, puis je suis rentré. J'ai passé quelques coups de téléphone, et j'ai travaillé sur un article qui doit paraître le mois prochain. Voilà.

– Etes-vous allé à la boucherie dans la matinée, particulièrement en fin de matinée ?

– Mais bien sûr : je souhaitais acheter de quoi me préparer un barbecue.

– Et ?

– Et rien. Je n'ai rien acheté, finalement, je suis allé manger à l'hôtel.

Il se tut, serein.

Excédé, Barrière reprit la parole :

– Vous n'avez rien acheté parce que vous n'alliez

pas à la boucherie pour ça ! Vous avez tué Raymond Courtial !

– C'est une déduction un peu hâtive, je crois, lieutenant. Si j'avais dû tuer ce malheureux boucher, j'aurais eu mille autres occasions plus faciles de le faire depuis que je vis ici ! Par ailleurs, je ne l'aurais certes pas tué avant d'avoir pris mon repas de midi !

– Ne vous foutez pas de moi, Mesnier ! Un témoin vous a vu aller à la boucherie vers midi, et madame Courtial a retrouvé son mari assassiné, juste après votre passage.

– Non.

– Non, pourquoi non ?

– Elle l'a retrouvé juste après mon passage, assassiné juste avant.

– Avant ? fit Barrière abasourdi.

– Avant. Quand je suis entré dans la boucherie, Courtial était mort. Bien mort, j'ai vérifié. Du travail d'amateur, d'ailleurs. Enfin, peu importe, il n'y avait plus rien à faire : je suis parti.

– Et vous n'avez prévenu personne ?

– Non. Je me suis très brièvement posé la question, mais je savais bien qu'il serait découvert à un moment ou à un autre. Il n'y avait plus d'urgence...

– Mais... votre témoignage par exemple, vous vous doutiez bien qu'il nous serait important ! Vous auriez pu penser que nous aimerions vous entendre !

– Oh ! Je savais bien qu'on y arriverait : Léontine Chaput est une des pires langues de vipère du bourg, et j'étais sûr que, dès que la mort de Raymond serait connue, tout le monde saurait que j'étais allé à la boucherie ce matin-là !

– Je trouve votre comportement plutôt irresponsable, monsieur Mesnier, voire répréhensible par la loi, et à tout le moins suspect.

– Je ne suis pas d'accord. C'était certain que sa femme ou un client allait trouver le boucher, que vous seriez donc prévenus, et que l'une ou l'autre des bonnes âmes du bourg vous ferait part de ma visite chez Courtial. Il n'y avait pas de quoi se précipiter ni s'affoler !

– Enfin, Mesnier, il s'agit d'un meurtre !

– Oui, dit Mesnier en haussant légèrement les épaules, ce n'est pas le premier !

– Avez-vous vu quelque chose de particulier, ou aperçu quelqu'un en arrivant vers la boucherie ?

– Oh, vous savez... je n'ai pas vraiment fait attention... Quand je suis perdu dans mes pensées...

Barrière abattit son poing sur la table :

– Bon. Eh bien, ça suffit comme ça. Je vous garde, Mesnier, ça vous remettra les idées en place. On va commencer par outrage à agent, obstacle à la justice, rétention d'informations, et ça ne m'étonnerait pas qu'on vous inculpe pour le meurtre de Courtial !

– Avec tout le respect que je vous dois, lieutenant, la prison n'a jamais remis les idées en place à quiconque, ça se saurait, et je doute fort, par ailleurs, que vous puissiez prouver, malgré votre animosité à mon égard, que j'ai tué ce pauvre type ! De plus, je crois que j'ai droit à un coup de fil, et j'aimerais en conséquence joindre ma sœur : elle est bâtonnier du barreau de Lyon.

Le lieutenant Barrière grinça des dents de fort vilaine façon :

– Allez-y, mon vieux, allez-y ! Téléphonez ! Je n'en ai pas fini avec vous : comme vous le disiez, ce n'est pas le premier meurtre, et j'ai un autre crime à élucider !

*

A la suite des nombreux pèlerins, Stéphane pénétra, à son tour, dans la chapelle de la Vierge noire et s'arrêta, saisie malgré elle par la magie de l'instant. Le pâle soleil de fin de matinée, inespéré après ces jours maussades, dardait des rayons irisés au travers des frondaisons, parsemant les troncs, les feuillages et le sol, de volutes et arabesques lumineuses, réalisant une fresque dansante et changeante en accord parfait avec le caractère sacré de la cérémonie.

La Vierge noire, parée comme une idole païenne de fleurs à profusion, était portée par six solides jeunes gens, tout de blanc vêtus, le cou orné de colliers fleuris. Après une première prière et une bénédiction chantées par le Père Cheminade, la foule s'était ébranlée en bon ordre : l'enfant de chœur porte-croix marchait devant avec, juste derrière lui, un second enfant, maniant l'encensoir avec une dextérité quasi professionnelle, puis le prêtre, revêtu d'un surplis blanc rebrodé à sa partie inférieure, et enfin la Vierge et l'Enfant juchés sur les épaules des porteurs, suivis par les quelques femmes de la maigre chorale de l'église et par la masse des fidèles...

Il y avait quelque chose de joyeux, de festif, et même d'un peu irréel dans cette débauche de fleurs, d'encens et de chants, le blanc du célébrant, des porteurs et des enfants de chœur, les couleurs vives des fleurs et de la foule, les fichus des femmes, les hommes endimanchés...

A l'orée de la clairière, le cortège s'immobilisa en silence. Le prêtre se retourna vers l'assistance et entonna le chant d'accueil, bientôt repris en chœur par les pèlerins, invitant la foule à pénétrer dans la chapelle des bois. D'instinct ou par habitude, les fidèles s'étaient regroupés en deux parties, respectant une sorte de travée centrale : certains s'étaient approchés de la haute table qui servait de reposoir, d'autres s'égaillaient sous les ramures. Les plus vieux avaient apporté des pliants, ceux qui étaient proches de l'entrée de la clairière, formaient des petits groupes plus bavards que pieux. La Vierge une fois posée dans le creux de son arbre et tous les acteurs en place, le père Cheminade éleva les mains vers le ciel :

– *Seigneur, qui a daigné choisir pour y faire ta demeure la bienheureuse Vierge Marie, permets qu'assurés d'une telle protection, nous puissions célébrer sa fête dans la joie...*

Stéphane, un peu à l'écart, sa foi noyée depuis longtemps dans les larmes qu'elle avait versées à la mort de son frère Paul, observait avec intérêt la scène qui se déroulait sous ses yeux. La ferveur des fidèles des premiers rangs semblait diminuer avec la distance : plus on s'éloignait de la Vierge, plus les gens se saluaient, discutaient, circulaient d'un groupe à l'autre. Quelques enfants, ravis, se roulaient dans l'herbe. Ambiance conviviale, familiale, et pourtant, malgré tout, recueillie. La jeune femme repensa avec amusement aux propos de Théodore Mesnier : « *Tout ça est bien intéressant et fort pittoresque...* »

De réflexions en observations, bercée par les litanies, Stéphane n'avait pas vu le temps passer. Elle entendit soudain le prêtre chanter la fin de l'office.

A ce signal, la procession se reforma et reprit le chemin du village, aux accents du psaume 121 : « *Je suis noire, mais je suis belle, filles de Jérusalem, c'est pour cela que le Roi m'a aimée et m'a introduite dans sa demeure...* »

Le retour se fit dans la même joyeuse atmosphère. Si femmes et enfants suivaient toujours avec solennité, chantant à tue-tête, la partie masculine des fidèles se raréfiait au fur et à mesure que les hommes rencontraient qui un ami, qui un cousin, invitant à s'esquiver vers le café le plus proche...

De retour à l'église, la Vierge retrouva l'autel sur lequel elle resterait exposée jusqu'au soir, avant d'être réinstallée sur son piédestal jusqu'à l'année prochaine. Stéphane, pensant la cérémonie terminée, allait s'éclipser lorsqu'elle s'avisa d'un curieux manège : quelques fidèles, restés dans la nef, s'avançaient à tour de rôle vers la statue et, les doigts tremblants, marmonnant une prière, glissaient dans les interstices du bois de petits bouts de papier soigneusement pliés, puis allumaient un cierge devant l'autel avant de sortir définitivement. Lorsque tous furent partis, Stéphane, restée seule avec la Vierge noire, s'approcha à son tour, mue par une vague curiosité. A la lueur tremblotante des flammes, elle aperçut à ses pieds un des petits papiers, visiblement détaché de la statue. Elle se pencha, le ramassa et le déplia, presque gênée de son indiscrétion.

Au centre du carré blanc, une écriture malhabile avait tracé ces mots : « *Bonne Dame de Saint-Cyprien, protégez-moi de la maladie et des ombres du passé* ».

*

Il était un peu plus de treize heures lorsque Stéphane entra d'un pas alerte dans la grande salle du presbytère où le couvert avait été mis pour quatre personnes. Elle huma avec gourmandise l'odeur prometteuse qui flottait dans l'air, et pensa, avec amusement, qu'elle n'avait pas intérêt à arrêter ses joggings et entraînements journaliers : succomber aux tentations gastronomiques concoctées par Mélanie risquait fort de se traduire en kilos superflus !

Au même instant, le Père Cheminade entra à son tour. Débarrassé de ses ornements liturgiques, il avait retrouvé son aspect banalement humain. Il renifla également en direction de la cuisine, et invita d'un geste la jeune femme à s'asseoir :

– Humm, je suis sûr que Mélanie s'est encore surpassée ! Dommage, Fleur ne pourra pas en profiter. Elle vient de téléphoner : ils ont un suspect et elle est retenue à la gendarmerie.

Stéphane hocha la tête d'un air entendu. Elle s'assit en face du prêtre, à la place qu'elle avait l'habitude d'occuper depuis le début de son séjour.

Mélanie, arrivée sans bruit, leur servit un apéritif, laissant son propre verre vide, et ricana :

– Un suspect ! Tu parles ! Mais quand même, ça ne lui fait pas de mal au parisien ! Il traîne partout, il fouine, ça va peut-être le calmer… C'est jamais bon de réveiller le passé…

– C'est Mesnier, le suspect ? interrogea Stéphane faussement étonnée.

Mélanie la regarda avec ahurissement :

– Pour sûr ! Mais où étiez-vous donc ce matin ? Toutes les *ajasses* en parlaient à la procession !

– Excusez-moi, fit la jeune femme un peu vexée, je pensais qu'aux pèlerinages on priait plutôt que de ragoter !

Ce fut René Cheminade qui répondit :

– Vous avez dû voir que notre pèlerinage est un mélange de ferveur et de fête familiale, ça a toujours été comme ça, et je crois que c'est bien ainsi. Il y a des cousins qui ne se voient qu'une fois l'an, à l'occasion du pèlerinage, et qui en profitent pour échanger des nouvelles de la famille et se présenter les derniers-nés. Il y a des amis qui s'y retrouvent, ou des enfants, amenés pour être placés sous la protection de la Vierge, qui jouent un peu dans la clairière… Tout ça n'est pas bien grave, et n'enlève rien à la foi. Je suis sûr que la Vierge Marie ne leur en veut pas, au contraire…

– Oui, reconnut Stéphane, c'est vrai que le côté joyeux et guilleret de la cérémonie m'a un peu surprise, surtout dans le contexte actuel. Après tout, avec deux morts si rapprochées, le village devrait être plutôt en deuil, non ?

– Trois, rectifia machinalement le prêtre, trois morts : il y a eu un accident quelques jours avant le premier meurtre.

– Ah, alors, raison de plus, non ?

– Oh pas ! s'interposa Mélanie. C'est pas bien dommage qu'ils soient morts : des mauvaise bêtes comme ça...

– Allons, allons, Mélanie, intervint à nouveau le prêtre, ce n'est pas à nous que le jugement appartient, c'est à Lui.

Ceci dit, il joignit les mains et récita une brève action de grâces et le bénédicité. Mélanie se signa à son tour puis bougonna quelque chose qui ressemblait assez au sentiment « que le jugement, là-haut, intervenait bien tard, et encore qu'on en était pas bien sûr, et que si certains pouvaient être punis avant, c'était pas plus mal... »

– Au fait, reprit Stéphane, à quoi servent les petits papiers que les gens glissent dans la statue ? J'ai vu ça à la fin de la procession.

– C'est également une vieille coutume. On inscrit un souhait auquel on tient particulièrement, une requête ou une supplique, et on glisse le papier dans la statue de la Vierge pour lui confier le soin de l'exaucer. Ensuite on prie, et on allume un cierge pour prolonger la prière.

– Et ça marche ? demanda la jeune femme avec un soupçon d'ironie.

– Stéphane, dit presque tristement René Cheminade, vous êtes une mécréante, et ça me peine pour vous.

– J'ai mes raisons, père Cheminade, j'ai mes raisons...

Ils furent interrompus par l'arrivée de Mélanie portant un appétissant poulet, doré de toutes parts, et une tarte au fromage blanc, et la dégustation l'emporta alors sur la conversation.

*

– Bonjour, Mélanie, est-ce que René est là ?

Bien qu'élevée dans les principes très stricts de l'église anglicane, Prunella Peacock était, au fil des ans, devenue athée. En dépit de leur différence de croyances et de certitudes, elle avait sympathisé avec le père Cheminade depuis son arrivée au village. Même si leurs relations n'étaient ni très intimes, ni très fréquentes, ils se rencontraient toujours avec beaucoup de plaisir. Le prêtre accueillit donc chaleureusement Miss Peacock et lui proposa aussitôt un thé.

– Non merci, René. Vous savez bien que votre thé est imbuvable ! En revanche, je boirais bien un petit verre de votre liqueur de prune.

Les verres remplis, Prunella Peacock posa sans façons son panier sur la grande table :

– René, je n'ai trouvé personne pour accueillir *Néfertiti*. Je ne peux pas la garder, vous savez bien... J'aimerais vous l'offrir car je sais qu'ici elle sera bien traitée.

Joignant le geste à la parole, elle sortit de son abri une petite chose poilue qui, placée soudain dans un environnement inhabituel et devant une personne inconnue, se mit à gonfler à vue d'œil et à cracher frénétiquement, petite boule d'agressivité toutes griffes dehors. Mélanie, restée dans la pièce, leva les bras au ciel d'un air accablé :

– Les chats noirs, c'est des créatures du Diable !

– *Rubbish !* Tout ça c'est de la superstition ! *Néfertiti* est très gentille, *so kind*... peut-être un peu lunatique... Elle se comporte parfois comme une petite diablesse, mais c'est encore une chatonne ! Elle est très affectueuse, très mignonne.

Sans répondre, Mélanie haussa les épaules, peu convaincue. René Cheminade prit dans ses bras la petite bête qui se hérissa de plus belle, et sourit à Prunella :

– C'est vrai, vous avez raison : il manquait un chat dans ce presbytère. Je suis touché que vous m'accordiez votre confiance pour élever cette « beauté », et je suis conscient de la valeur du cadeau, croyez-le.

Ignorant l'air courroucé de Mélanie, et les feulements coléreux de la petite chatte, il poursuivit en riant :

– Allez, petite furie, tu vas voir, nous allons bien nous entendre ! Mais, je crois bien que je vais te rebaptiser : *Néfertiti* c'est un peu trop chic pour un simple prêtre comme moi. Une diablesse comme toi, je vais l'appeler *Lilith*.

– XII –

Stéphane Brandoni fermait les yeux, laissant avec délices l'eau chaude ruisseler sur son corps. Elle était incapable de débuter sa journée sans cette douche matinale qui la lavait des miasmes nocturnes et la régénérait. Sous l'effet de la douche, la jeune femme se sentait devenir une autre, prête à affronter la journée qui s'annonçait, pleine de résolutions et d'optimisme. C'était bien le seul moment de la journée où elle se sentait en mesure de maîtriser son présent et son futur, où elle ressentait une réconfortante confiance en elle-même, ou elle s'estimait enfin. Un nouveau jour commençait, forcément différent. Ensuite, inexorablement, le reste de la journée venait effilocher, au fil des heures, cette belle assurance, avec le lot de déceptions et de ratages quotidiens, de réflexions sur sa vie, et cette difficulté constante à diminuer le tabac et l'alcool. Stéphane se couchait chaque soir avec la même impression de gâchis et un mécontentement d'elle-même qui, le matin suivant, se dissolvaient à nouveau sous l'eau bienfaisante de la douche.

Pour l'heure, ayant rouvert les yeux, la jeune femme frottait énergiquement ses courts cheveux auburn, tout en observant les reflets du soleil sur le carrelage mural. Le mur extérieur de la douche, construit en grosses pierres du pays, était percé de deux briques en verre qui laissaient entrer la lumière. A cette heure, un arbre devait s'interposer entre le soleil et les ouvertures, et le vent, en bougeant les branches, faisait jouer la lumière en reflets changeants qui, en traversant les gouttes d'eau, déposaient ensuite sur le mur de petits fragments d'arc-en-ciel. Stéphane sourit : la journée allait être belle....

Elle pensa alors qu'elle allait bientôt repartir, dans six jours exactement, et qu' il ne fallait pas oublier de vidanger le moteur de sa moto : elle ne devait pas être loin des 3000 kilomètres, et elle tenait à être tranquille pour le retour. La jeune femme sourit à nouveau : à cette moto, elle tenait comme à la prunelle de ses yeux...

C'était une BMW R 90S, une vraie, un modèle de 1974 que son père avait achetée neuve, quand elle avait huit ans. Des cinq enfants Brandoni, Stéphane était la seule à avoir hérité de cette passion paternelle, et elle se souvenait avec émotion des balades qu'elle faisait avec son père, fièrement cramponnée à lui et béate, des longues heures passées à le regarder entretenir sa machine, et à l'écouter lui donner des conseils, dans l'odeur si particulière du garage. Il y avait eu, ainsi, huit années de bonheur « mécanique », de liberté, de complicité heureuse, jusqu'à l'assassinat de Paul, son petit frère. Stéphane avait seize ans. Quelque chose s'était définitivement brisé chez les Brandoni. Sa mère, après avoir beaucoup pleuré, était restée mélancolique et inquiète pour ses quatre enfants survivants, angoissée au moindre retard, anxieuse dès qu'ils s'éloignaient du cocon protecteur. Son père, lui, n'avait presque rien dit. Mais, du jour au lendemain, il avait arrêté la moto, tout plaisir enfui. La BMW était restée au fond du garage, sous une housse rayée, abandonnée...

Stéphane avait alors annoncé qu'elle deviendrait policier pour tenter de retrouver le meurtrier de Paul qui courait toujours, et pour se battre contre tous les malades dans son genre pour qui une vie d'enfant ou d'adulte, ne valait pas plus que le prix de leur désir. Lorsque la jeune femme avait été reçue à ses examens et qu'elle avait intégré son premier poste, son père lui avait offert la moto, patiemment, soigneusement et presque clandestinement entretenue, sorte de passage de témoin, viatique pour la nouvelle mission dont elle s'était elle-même investie. La valeur symbolique du cadeau, ajoutée aux immenses qualités de sa machine, expliquait l'importance de l'engin aux yeux de la jeune femme.

Oui, elle allait se rendre au petit garage local dès aujourd'hui, voir ce qu'il était possible d'y faire...

*

Sébastien Mathivet était en train de conter fleurette à Nathalie Chapelat, sa petite copine en titre, lorsque Brandoni arrêta sa moto devant le garage. Les yeux du jeune apprenti s'illuminèrent, fasciné par la machine et, peut-être plus encore, par sa propriétaire dont on racontait partout dans le bourg qu'elle était flic. Il se précipita au-devant de la jeune femme, dans un empressement qui était loin de lui être coutumier :

– Bonjour, j'peux faire quelque chose pour vous ?

– Bonjour. Oui, en effet. Je me demandais si je pouvais faire une vidange et si vous aviez l'huile adaptée.

– Oh ça sûrement ! J'vais voir... Dites, ajouta-t-il sur un ton suppliant, est-ce que je peux m'en occuper moi-même ? C'est une R 90S, hein ? Une 1974 même, parce que c'est une « silver smoke », sacrée bécane !

– Tu connais ça, toi ? Tu n'étais même pas né quand elle est sortie ! Tu as quel âge ?

– Seize ans, m'dame, mais j'adore les motos. C'est ma passion. Je suis incollable. J'voudrais devenir mécano pour les motos de course.

– Je vois...

– C'est vrai, intervint Nathalie. Vous verriez sa chambre ! Il y a des posters de moto partout et des piles de magazines spécialisés ! Il n'y a que ça qui l'intéresse, ajouta-t-elle avec une pointe de nostalgie.

– Bon, fit Stéphane, alors d'accord. Si tu fais très attention, tu t'en occupes. Mais, je te préviens, je reste là.

– Oh, merci, m'dame !

Guy Courtial, le propriétaire du garage, un solide gaillard dans la force de l'âge, sortit de la pièce voisine :

– Tout va comme vous voulez ? demanda-t-il à Stéphane.

– Je pense. J'ai fait affaire avec votre apprenti.

– Pour les motos vous pouvez lui faire confiance ! Je suis à côté si vous aviez besoin de moi.

Et, sur ces mots, il repartit.

Après un instant d'hésitation, tout en s'affairant auprès de l'engin, Sébastien regarda Stéphane :

– C'est vrai que vous êtes dans la police ?

La jeune femme réprima un sourire : c'était toujours pareil avec les ados, la même fascination pour son métier et pour sa moto...

– Oui, c'est vrai. Je suis lieutenant.

– Mince alors ! Et vous avez un revolver ?

– Bien sûr que j'en ai un. Mon arme de service, un Manhurin.

Après un bref silence respectueux, l'apprenti osa :

– Dites, vous pourriez me le montrer ?

Cette fois, Stéphane rit franchement :

– Mais je ne l'ai pas sur moi ! Je suis en vacances ! Je ne promène pas partout avec mon arme : on n'est pas au far-west tout de même !

– Oh ben, intervint Nathalie, en ce moment, par chez nous, ça y ressemble un peu ! Deux meurtres en cinq jours, quand même...

– Ouais, sans compter ton père...

Les yeux de la jeune fille s'emplirent de larmes. Elle renifla bruyamment :

– Mon père, c'est pas pareil : c'était un accident.

– Quand même, toutes ces morts, ça les a rendus nerveux au village, surtout les vieux...

– Ah bon ? dit Stéphane d'un ton le plus neutre possible.

– Ouais, reprit Sébastien. Tiens, le Maurice, ton oncle, faut voir comment il s'agite !

– Ben, c'est un peu normal, c'est le maire !

– Et lui, là, dit-il en baissant la voix et avec un mouvement de menton vers la pièce voisine, faut voir dans quel état il est : sur les nerfs, à engueuler tout le monde, « mal-souffrant » !

– Ben, interrompit à nouveau Nathalie, c'était quand même son frère, le Raymond !...

– Même mon grand-père en devient gâteux ! Voilà qu'il se tourne vers les bondieuseries : il rôde vers chez la Mélanie, il est allé au pèlerinage, il marmonne tout seul... Non, j'vous l'dis, ils deviennent maboules.

– Faut dire que tout le monde se connaît ici, plaida Nathalie, c'est un peu comme une grande famille !

A son tour, Stéphane ajouta :

– Vous savez, les meurtres, surtout si rapprochés, c'est forcément perturbant pour tout le monde.

Sébastien Mathivet cracha à terre d'un air méprisant :

– Ouais. Ben moi, j'sais c'que j'dis.

*

Le ciel était chargé, gris, lourd de menaces. Le soleil matinal avait disparu et, en cette fin d'après-midi, les gens étaient saisis par un petit vent froid, dès la sortie de l'église où ils venaient d'assister à la messe d'inhumation de Raymond Courtial. Par petits groupes égrenés sur le parvis, ils attendaient tant bien que mal que le cercueil sorte pour former le cortège qui accompagnerait, à pied, le boucher vers sa dernière demeure.

Maintenant tout le monde se méfiait de tout le monde. Certains, jusque-là bavards, se taisaient à l'approche d'un nouveau venu, d'autres lançaient des regards furtifs autour d'eux, d'autres encore semblaient tendus, comme sur le qui-vive... Pourtant les langues se déliaient, les ragots, informations réelles ou supposées, hypothèses diverses, circulaient allégrement de bouche en bouche. On entendait accuser qui Mélanie, dont les pouvoirs sentaient par trop le soufre, qui Maurice Chapelat, avec son caractère explosif et ses affaires parfois obscures, qui Guy Courtial, qui ne s'était jamais entendu avec son frère, qui Violette Courtial, intéressée à l'héritage, qui Théodore Mesnier, étranger à la commune et trop secret pour être honnête, qui d'autres encore au gré des supputations ou des rancœurs personnelles.

Il y eut, tout à coup, un brouhaha vers l'extrémité du parvis où une voiture de la presse régionale venait de s'arrêter. Un journaliste en sortit, suivi d'un photographe qui commença à mitrailler consciencieusement la place de l'église, pendant que son comparse se dirigeait vers les groupes en attente. L'effet fut immédiat : certains tournèrent carrément le dos, d'autres tombèrent dans le mutisme le plus total ; certaines femmes, sortant leur chapelet, se mirent ostensiblement à prier, d'autres encore refluèrent vers l'église.

En moins d'une minute, un silence aussi glacial que le temps enveloppa la place et ses abords, tandis que le cercueil de Raymond Courtial, porté par six hommes endimanchés, sortait de l'église avec une surprenante et impressionnante solennité.

*

Séraphin Mathivet approcha une main hésitante vers le poussoir du réveil qui se tut instantanément. A ses côtés, la Marcelle grommela, se retourna et poursuivit son sommeil tranquillement. Mathivet ne lui jeta même pas un œil. Après quarante-quatre ans de mariage, il savait que sa femme avait le sommeil lourd, et qu'il pouvait se lever et se préparer sans la réveiller. Etonnamment la Marcelle avait un sommeil quasi comateux, et elle dormait tard, du moins pour la campagne. Lorsque les enfants étaient petits, elle était debout au moindre de leurs appels, attentive aux changements de leur respiration, éveillée par le moindre bruit en provenance de leurs chambres. L'instinct maternel, pour sûr... Depuis dix ans que le dernier avait quitté la maison, et passée la phase de « sa ménopause » qui la réveillait la nuit trempée de sueurs ou grelottante, Marcelle dormait comme un loir. On aurait pu déménager la maison pendant son sommeil ! Séraphin haussa les épaules et sortit du lit. Il ne s'agissait pas de traîner s'il voulait être un peu tranquille au plan d'eau.

Mathivet était un grand pêcheur devant l'Eternel. Dès l'ouverture de la pêche, et pendant toute la saison, il y allait tous les dimanches lorsqu'il avait encore son garage. Depuis sa retraite, il y a sept ans, depuis qu'il avait revendu son affaire au Guy Courtial, il y allait tous les jours. Marcelle était habituée. Elle savait qu'il rentrait pour le déjeuner, pas besoin de la prévenir.

Séraphin sortit de la chambre et descendit l'escalier avec précaution. Il ouvrit la porte de la maison pour évaluer le temps qu'il allait faire, et alla satisfaire un besoin naturel. Il adorait *pisser* dans le jardin ou dans son champ, habitude venue de l'enfance quand les sanitaires étaient choses précieuses et rares, réservées aux nantis. La Marcelle, elle, avait insisté, dès que le garage avait commencé à « tourner » à peu près, pour qu'ils s'offrent une salle de bains rutilante et des WC, comme dans les magazines. Il rajusta sa braguette, resserra avec soin la ficelle qui lui servait de ceinture et sourit : il l'aimait bien la Marcelle, mais, des fois, elle était un peu *jargeotte* avec ses drôles d'idées...

Pipeau, son fidèle berger allemand s'approcha, la queue battant l'air avec enthousiasme. Séraphin le caressa affectueusement puis, levant la tête, inspecta le ciel avec attention. Le jour se levait à peine, mais on sentait déjà qu'il ne ferait pas chaud. Ça ne devrait pas être trop mauvais pour la pêche : le niveau de l'eau était stable depuis plusieurs jours, toujours légèrement trouble et, en y allant de bonne heure, il éviterait la lumière qui éclaire trop la surface...

Mathivet rentra dans la maison, laissant la porte ouverte pour que le chien le suive. Il sortit du placard le vieux moulin à café, vestige du temps de ses parents, et la boîte en fer blanc où était rangé le café. Oh, bien sûr, ils avaient un moulin électrique, mais Séraphin aimait moudre les grains de café « à l'ancienne ». Il le faisait, quasi religieusement, lorsqu'il était seul, aux heures matinales, prenant plaisir à ouvrir le couvercle en forme de dôme pour laisser échapper l'odeur de café qui s'y était installée au fil des moutures. Il aimait glisser les grains un peu huileux dans la logette, puis s'asseoir, l'appareil bien calé entre les cuisses, pour tourner de façon régulière. Il écoutait avec attention l'écrasement des grains, il humait avec voracité les effluves qui s'élevaient de la petite boîte carrée et, les yeux fermés, se retrouvait projeté dans son enfance, entendant avec bonheur et nostalgie la voix de sa mère qui gourmandait :

– *Dêpécheu-teu,* Séraphin ! Si tu ne peux pas moudre ce café, *laisso-zou !* Vous allez encore être en retard à l'école.

Immanquablement, arrivé à cette évocation de son enfance, Mathivet sentait sous sa main la manivelle s'abandonner, accélérer, preuve que les grains étaient réduits en poudre et que le moment de grâce était passé.

Il sortit de la maie une boule de pain et du fromage de montagne et les déposa près de la cafetière. En bougonnant, il chercha dans le tiroir de la table les boîtes de médicaments qu'il devait prendre le matin. La Marcelle avait beau faire semblant d'y croire, il savait bien, lui, qu'il était foutu. Il le sentait dans toutes les fibres de ce vieux corps qu'il connaissait bien. Il le sentait à son pas devenu hésitant, à sa respiration haletante, à cette fatigue qui le terrassait parfois, sans prévenir, et surtout à cette douleur brutale, transfixiante, quasi syncopale, qui se manifestait quand bon lui semblait, lui tordait les entrailles, l'obligeant à se courber pour la supporter. Il le sentait aussi aux propos hésitants et faussement rassurants de l'Armand, aux regards du Mauzane lorsqu'il lui tendait un énorme sac plein de drogues diverses. C'est pas toutes ces saloperies qui le retaperaient !

De toute façon, avec ce qui était en train de se passer, il n'en avait plus pour longtemps ! Séraphin Mathivet haussa les épaules. Il avait peur de mourir et, surtout, peur de souffrir. Mais il n'y pouvait plus rien, et le fatalisme hérité de ses ancêtres paysans reprenait le dessus, étouffant ses angoisses, et allégeant son quotidien.

Il finit son petit déjeuner avec calme, presque satisfait. Il ramassa soigneusement les miettes et les croûtes de fromage et, d'un geste ample, les jeta dehors, pour les oiseaux et les poules. Il coupa quelques tranches de pain et de fromage pour les glisser dans sa musette, près de la *chopine*, et posa le tout sur la table.

Puis, il s'occupa de la pâtée du chien qui avait attendu sagement près de lui, le museau entre les pattes, levant de temps en temps des yeux aimants sur son maître, en frappant le sol de sa queue à intervalles réguliers. Il profita du moment où Pipeau se penchait sur sa gamelle pour s'éclipser, fermant la porte derrière lui : il ne l'emmenait plus avec lui car, désireux de jouer, il s'agitait comme un fou et aboyait sans cesse pour attirer son attention. Rien de bon pour le poisson !

Dans l'appentis, il rassembla son matériel de pêche, vérifiant une dernière fois les appâts qu'il avait préparés la veille : vers, larves et asticots, pommes de terre coupées, pâtes à base de farine... Il espérait toujours attraper des carpes ou des tanches, mais elles étaient méfiantes et, le plus souvent, il revenait avec une simple friture de vairons ou de goujons que Marcelle accueillait avec force félicitations comme si elle avait rêvé toute la semaine d'en manger ! Décrochant au passage, au-dessus de l'établi, la clef de la vieille R 19, il s'en fut l'esprit plein de rêves de pêche miraculeuse.

– XIII –

Le soleil se levait à peine, la campagne se réveillait doucement, bercée par les chants d'oiseaux, et le plan d'eau, calme miroir, reflétait un ciel paisible. Ce petit matin aurait pu être idyllique et serein, sans la présence, sur les berges de l'étang, de ce cadavre dérangeant, incongru et même grotesque.

Stéphane Brandoni se pencha sur le corps pour en palper la carotide et s'assurer que le bonhomme était aussi mort qu'il en avait l'air. Puis, essayant de piétiner le moins de terrain possible, elle se mit légèrement à l'écart, inspecta soigneusement la scène et ses environs et prit son portable :

– Fleur ? C'est Stéphane. Oui, je sais l'heure qu'il est ! Je sais qu'on est samedi ! Mais je pense quand même que tu devrais venir avec ton équipe et ton bellâtre de chef, à l'étang. Ça va sûrement vous intéresser : vous avez un nouveau client. Je vous attends.

Stéphane s'assit sur une grosse pierre et alluma tranquillement une Benson. Même si elle ne s'y habituait pas, la mort lui était devenue familière, et plutôt que d'observer le cadavre à deux pas d'elle, elle examina les alentours, remarquant l'herbe foulée qui semblait révéler des traces de lutte, et les boites d'appâts renversées et vides. Son regard se porta sur un passage piétiné dans l'herbe humide de rosée qui semblait rejoindre le corps mais qui, malheureusement, aboutissait à un chemin de graviers blancs sur lequel on ne pouvait plus rien distinguer.

Elle hésitait entre le regret d'avoir choisi cet itinéraire pour son jogging, et la satisfaction de voir qu'enfin ça bougeait un peu pour ses vacances. Elle se demanda si elle avait pu croiser le meurtrier : le corps était encore chaud et mou. Pas encore de rigidité cadavérique, ni d'hypothermie : ça c'était sûrement passé il y a peu de temps. Elle sourit : décidément, même en vacances, elle ne pouvait se départir de ses réflexes de flic ! Surprenante dans le contexte, une autre pensée surgit soudain : en tout cas, le lieutenant Barrière ne pourrait pas accuser Mesnier de ce meurtre-là, puisqu'il était toujours sous les verrous. Cette idée lui procura un petit plaisir et elle s'offrit une deuxième cigarette. Elle jeta un coup d'œil à sa montre : sans vouloir critiquer, elle était sûre qu'Amaury et elle auraient mis moins de temps pour arriver sur les lieux !

Elle en était là de ses pensées lorsque, sirène muette mais gyrophare flamboyant, le fourgon de la gendarmerie et son équipe au grand complet, se gara sur le camping tout proche. Avec une dextérité améliorée encore par l'expérience récente, les gendarmes fermèrent le périmètre à grand renfort de rubans fluorescents, et deux personnes que Stéphane ne put identifier, entrèrent seules dans la zone ainsi délimitée. En observant leurs gestes et comportements, elle comprit qu'il s'agissait du médecin et d'un technicien de scène du crime, mais elle n'eut pas le loisir de se poser de questions car un homme jeune et assez joli garçon, dans lequel elle reconnut Yves Barrière pour l'avoir aperçu dans le bourg, s'avançait vers elle, suivi du major Lelièvre.

– Bonjour. Je suis le lieutenant Yves Barrière de la gendarmerie nationale, annonça-t-il avec une certaine emphase. C'est vous qui avez découvert le corps ?

Stéphane sourit intérieurement devant le ton un peu pédant et ne put s'empêcher de répondre du tac au tac :

– Bonjour. Oui, c'est moi qui ai découvert le corps et qui vous ai appelés. Je suis le lieutenant Brandoni, Stéphane Brandoni, de la police nationale.

Yves Barrière haussa un sourcil surpris et marqua un temps d'arrêt.

– Nous prendrons votre déposition en détail plus tard, mais racontez-nous déjà comment vous avez découvert le corps.

Puis, avec une pointe de curiosité, il ajouta :

– Que faites-vous dans la région ? Du tourisme, ou vous avez de la famille ?

– Un peu des deux, répondit Stéphane en souriant. Je suis venue passer quelques jours de vacances ici, pour revoir Fleur Ganguylen, une amie d'enfance.

Barrière eut un regard de reproche pour l'adjudant Ganguylen qui ne lui avait pas donné tous les éléments. Mais cette dernière ne faisait pas attention à lui : elle était en grande discussion avec le médecin.

Le lieutenant Barrière haussa imperceptiblement les épaules, et revint à Brandoni :

– Que s'est-il passé ?

– Je suis sortie du presbytère où je loge actuellement, un peu après sept heures, j'ai entendu Marie-Bernadette sonner la demie.

– Marie-Bernadette ?

– C'est le nom de la cloche. Le père Cheminade l'appelle toujours ainsi ! Je suis passée sur la place, devant le lavoir du bas, j'ai ensuite pris la route de la vieille forge et je suis sortie du bourg. Au premier tournant, j'ai coupé par le raccourci pour gagner le plan d'eau.

– Vous aviez une raison particulière d'aller au plan d'eau ?

– Oui, c'est un endroit que j'aime beaucoup. Vous avez vu ? dit-elle avec un grand geste de la main englobant l'ensemble du paysage. Et puis, si on reprend par là, on peut prolonger par le petit bois et revenir ensuite vers la route. Avec tous les détours, il y en a pour environ une heure : juste le temps de mon jogging ! Je fais ce circuit depuis qu'on m'a montré les différents chemins et raccourcis du coin.

– Qui vous les a montrés ?

– Je ne sais plus... un peu tout le monde : le père Cheminade qui m'a accompagnée une ou deux fois, Théodore Mesnier...

– Vous connaissez Mesnier ?

– Disons que je l'ai croisé à plusieurs reprises.

– Ensuite ? Vous êtes arrivée à l'étang ?

– Oui. Lorsque je suis arrivée aux abords de l'étang, j'ai aperçu une forme allongée de l'autre côté. De loin, on distinguait juste quelqu'un de couché, il m'a semblé que ça ne bougeait pas beaucoup, alors j'ai fait le tour du plan d'eau pour venir voir. Si la personne avait été endormie, je repartais. Mais si elle avait fait un malaise, je pouvais prévenir les secours. C'est en approchant que j'ai vu que c'était un homme plutôt âgé, et, une fois près de lui, je n'ai pu que constater le décès.

– Et pourquoi nous avez-vous appelés ? Qu'est-ce qui vous a fait penser qu'il n'était pas mort de mort naturelle ?

– Allez-y, lieutenant Barrière, vous constaterez par vous-même...

Yves Barrière lui tourna le dos, suivi du major. Stéphane commençait à se sentir quelque peu agacée par l'attitude du lieutenant et par ses questions insidieuses sur ses raisons d'être là, son choix d'itinéraire, ou encore ses relations avec Mesnier. Mais elle devait bien reconnaître qu'à sa place elle en aurait fait autant. Elle soupira, se rassit, et alluma une nouvelle cigarette. C'était bizarre de se trouver là, sur les lieux d'un crime, et d'être, pour une fois, assise à distance à observer les autres s'affairer et travailler. De là où elle était, elle ne pouvait pas entendre les paroles échangées, tout juste le son des voix. Elle vit le médecin serrer les mains et s'éloigner : il avait fini ses premières constatations, le reste du boulot serait pour le légiste. Eh bien, elle n'aurait pas voulu être à sa place !

Le technicien s'affairait, vêtu de blanc et ganté comme un communiant, ses sacs à échantillons à la main.

Stéphane remarqua que Barrière regardait dans sa direction tout en parlant à Fleur mais, décidée à prendre son mal en patience, elle attendit.

Laissant Ganguylen avec le technicien à prendre des mesures, Barrière et Lelièvre revinrent vers Brandoni.

– Pas joli, hein ? fit cette dernière.

– Non, pas joli, concéda le lieutenant Barrière qui reprit :

– Avez-vous remarqué quelqu'un ou quelque chose d'anormal, ou même pendant votre jogging, avez-vous croisé du monde, ce matin ?

Stéphane réfléchit, concentrée sur son début de matinée :

– Au presbytère, je n'ai vu personne : je n'ai pas petit déjeuné. Je prends habituellement deux barres de céréales avant mon jogging et je petit déjeune en rentrant. La boulangerie était ouverte, le propriétaire du garage en sortait. J'ai aussi croisé un grand type costaud, le maire, je crois...

– Guy Courtial, Maurice Chapelat, interrompit le major. Ils commencent tôt tous les deux, et Maurice a son entrepôt un peu en dehors du bourg.

– Je suis passée devant la Poste, il y avait un type qui attendait dans une des camionnettes.

– Le nouveau facteur ? s'enquit Barrière.

– Je ne sais pas. Après, je n'ai vu personne. En revanche...

– Oui ?

– J'ai remarqué, à mon arrivée ici, que l'herbe autour du corps, semblait bien plus foulée que par les pas d'un seul homme comme si on s'y était battu...

– Merci, fit Barrière d'un ton un peu aigre, nous avions également noté.

Sans se soucier de l'interruption, Stéphane Brandoni continua :

– Le corps n'était ni froid, ni rigide.

– Vous l'avez touché ? s'écria le major Lelièvre.

– Il fallait bien que je vérifie s'il était mort pour savoir qui appeler en priorité : le médecin, le prêtre, ou les gendarmes...

Après un bref silence, le lieutenant Barrière reprit :

– Connaissiez-vous Séraphin Mathivet, la victime ?

– Pas du tout. Je ne saurais même pas vous dire si je l'ai déjà croisé dans le village !

– Dites-moi, Lieutenant Brandoni, je suppose que vous vous rendez parfaitement compte que vous faites une suspecte très crédible ?

Stéphane faillit éclater de rire mais se ravisa *in extremis* en constatant que Barrière, lui, était très sérieux.

– Pourquoi voudriez-vous que j'aie tué ce type que je ne connaissais pas ?

– Je ne sais pas encore, mais depuis la date de votre arrivée confirmée par l'adjudant, il y a eu trois meurtres. Vous n'avez pas d'alibi pour celui-ci. Il faudra voir pour les autres, et vous êtes une amie de notre principal suspect, Théodore Mesnier, pourquoi pas sa complice ?

– Dites, vous savez que je suis flic aussi ?

– Oui, oui, la police. Il y a eu pas mal d'affaires de ripoux dans la police, ces dernières années...

– Pas comme dans la gendarmerie, bien sûr ? demanda Stéphane avec ironie.

– La gendarmerie est une branche de l'armée française, c'est un corps noble où on a encore de l'honneur, rétorqua le lieutenant sans aucun humour et avec le plus grand sérieux.

Eh bien, pensa Stéphane en soupirant, c'est bien ma veine de tomber sur un illuminé ! Je vois d'ici la tête du commissaire Lambert quand je vais lui téléphoner pour lui annoncer que je ne peux pas reprendre mon poste parce que je suis coffrée pour meurtre !

Fleur Ganguylen s'était approchée sur ces entrefaites et avait entendu la fin de la conversation. Derrière le dos de Barrière et du major, elle adressa à son amie un large sourire réconfortant suivi d'une mimique du genre « là, il est complètement frappé » : elle n'allait quand même pas se laisser emmerder par un type à qui elle pouvait sûrement en remontrer au niveau professionnel ! Elle se fendit donc de son plus beau sourire en direction du lieutenant :

– Vous m'arrêtez tout de suite ou je peux finir mon jogging ?

– Ne le prenez pas sur ce ton-là, je vous le conseille ! Vous êtes convoquée à la gendarmerie cet après-midi, à 14 heures, pour votre déposition. En attendant, bien sûr, vous restez à notre disposition et vous n'avez pas le droit de quitter le bourg.

– Avec le menu qu'a préparé Mélanie pour ce midi, je n'y comptais pas, rassurez-vous !

Loin d'être aussi désinvolte qu'elle voulait bien le paraître, Stéphane s'éloigna à petites foulées, se promettant de joindre Lambert au plus vite, pour lui demander conseil, voire assistance, si la situation devait se gâter.

*

Encore un peu pâle, assise devant un café serré, Fleur Ganguylen se remettait doucement de ses émotions dans la salle de repos du personnel de la morgue. Elle avait bien essayé de tenir plus longtemps que la première fois mais Philippe Legrand avait été obligé de lui sauver la mise à nouveau. Elle se demandait comment on pouvait faire ce métier et comment elle tiendrait, elle, plus tard, si elle était obligée d'assister souvent à des autopsies. Peut-être qu'on s'habituait, après tout, à la longue... Elle essaya de penser à autre chose, en détaillant la pièce, ses murs immaculés, ses fauteuils fatigués, sa table basse encombrée de revues automobiles et d'exemplaires de *Play-boy*. Une porte entrebâillée menait aux vestiaires et à la douche ; les plannings du personnel et différentes affiches décrivant des mesures de prévention un peu dérisoires dans ce cadre, faisaient office de décorations.

Les senteurs du café et du tabac froid se mêlaient à l'odeur douceâtre et écœurante de la mort, et aux effluves de formol en provenance de la pièce voisine. Fleur eut un nouveau haut-le-cœur et grimaça : elle n'arrivait pas à chasser de son esprit le regard halluciné de Séraphin Mathivet, son visage convulsé, et surtout l'image obsédante des pâtes poisseuses et collantes qui engluaient ses narines et sa bouche au milieu desquelles grouillaient des vers et des asticots, obstruant définitivement toute arrivée d'air... Elle secoua la tête avec dégoût et se leva pour se resservir un autre café. Au même instant, la porte s'ouvrit sur Legrand, Moussa et Barrière. Ganguylen nota, avec une certaine satisfaction, le teint terreux de son chef et, avec un léger soupçon d'ironie, proposa :

– Voulez-vous un café bien tassé, lieutenant ?

Barrière lui lança un regard noir, mais accepta bien volontiers. Tous s'assirent, tasses en main. Legrand demanda à la cantonade :

– Ça vous ennuie si je fume ?

Et, ayant reçu l'assurance que cela ne dérangeait personne, il attrapa sa pipe et son paquet de tabac qui traînaient sur le dessus du petit réfrigérateur, et se concentra quelques instants pour bourrer le fourneau, tasser le tabac et l'allumer tranquillement. L'odeur sucrée de *l'Amsterdamer* se répandit dans la pièce, au grand soulagement de Fleur.

– C'est animé par chez vous en ce moment, non ? interrogea le légiste.

Barrière haussa les épaules :

– J'aimerais assez que ça s'arrête. On flotte complètement. On ne sait même pas si tous les crimes sont liés, quel peut être l'éventuel rapport entre eux, si même il y a un ou plusieurs assassins...

Ganguylen regarda son supérieur avec surprise. C'était la première fois, depuis le début de l'enquête, qu'elle le voyait montrer un certain découragement, et avouer leur impuissance et leur incompréhension. Il lui parut soudain plus accessible, et même touchant.

– Vous savez, lieutenant, je pense que ce serait quand même le diable qu'il y ait, brutalement, tous ces morts dans un si petit bourg, sans qu'il y ait de rapport entre eux ! A mon avis, tous ces assassinats sont liés, mais comment ?

Le lieutenant Barrière fixa Fleur sans aménité, et la jeune femme s'en voulut alors de son intervention irréfléchie. Contrairement à ce qu'elle pouvait craindre, elle fut surprise du sourire qu'il lui adressa :

– Vous avez raison, Ganguylen, c'est aussi ce que

je me suis dit. Maintenant, il nous faut trouver ce qui relie les destins de ces trois hommes, et s'il y a un ou plusieurs assassins, ce qui ne nous avance pas forcément ! Qu'en pensez-vous, Legrand ?

Le légiste prit le temps de tirer deux bouffées avant de répondre :

– Je ne sais pas. Les trois meurtres sont tous différents. On ne peut pas retrouver de fil conducteur comme cela arrive parfois, pas de points communs non plus. Le premier a été tué par balle, du moins avec des plombs de gros calibre ; le second a été étranglé par derrière avant d'être pendu, et celui-ci... A mon avis, et sous réserve des compléments d'analyse habituels, celui-ci a été étouffé par ses appâts. Selon toute vraisemblance, il y a eu une bagarre qui a dû tourner court vu l'état de santé de notre client ; le meurtrier l'a maintenu au sol et lui a bourré les narines et la gorge avec les pâtes à poissons, les vers et les asticots, jusqu'à ce qu'il étouffe.

Fleur sentit la nausée réapparaître sournoisement :

– C'est dégueulasse ! fit-elle, écœurée. Il faut vraiment être marteau pour tuer les gens comme ça !

– Marteau, ou au fin fond du désespoir ou au comble de la colère, rétorqua le légiste qui en avait vu bien d'autres. Ce n'est pas une très belle mort, mais je ne suis pas sûr qu'elle soit bien pire que celle qui l'attendait autrement.

– Comment ça ? dit Barrière.

– Je vous ai dit que ce pauvre type n'était pas en grande forme. En fait, selon mes premières constatations, je pense qu'il avait un cancer du pancréas avec des métastases pulmonaires. De toute façon, il n'en avait plus pour longtemps... Mais, bien sûr, ça ne nous renseigne absolument pas sur le ou les meurtriers. Il pourrait tout autant s'agir de trois meurtriers différents que d'une seule personne qui agit différemment à chaque fois, selon l'opportunité...

– Mouais, acquiesça Barrière, ça ne nous aide pas beaucoup ! Je compte sur vos conclusions complètes le plus rapidement possible, bien sûr, ajouta-t-il en se levant.

– Pas de problème, lieutenant, mais emmenez-moi cette petite loin d'ici : elle a un teint à faire peur !

*

Comme d'habitude, la nouvelle du meurtre de Séraphin Mathivet s'était répandue dans le village comme une traînée de poudre, et des groupes se formaient, s'agitaient et, insensiblement, tout ce petit monde se dirigeait vers la maison du maire. Au fur et à mesure, d'autres personnes se joignaient au mouvement et ce fut bientôt, presque toute la population qui s'arrêta, mouvante et grondante, devant la maison de Maurice Chapelat. Par hasard, son habitation, plutôt cossue, était située à deux pas de la mairie. L'un des angles de la maison était bien un peu défiguré par une parabole hideuse, mais les murs, ornés de vigne vierge, les volets pimpants et les nombreuses fleurs compensaient aisément cette faute de goût.

Entendant la rumeur monter, Maurice Chapelat parut sur le perron, étonné mais bon enfant :

– Et alors ? Qu'est-ce qui se passe ?

– Comment, qu'est-ce qui se passe ? fit une voix. On assassine tes administrés et tu demandes ce qui se passe ?

La foule fit écho à cette inquiétude.

– Ouais ! Si ça continue, on va tous y passer !

– Et les gendarmes, qu'est-ce qu'ils foutent ? Et la municipalité ?

– C'est peut-être bien que t'y trouves ton compte ! fit une autre voix, plus accusatrice.

– Ouais, on se demande pourquoi tu fais rien !

– On n'ose même plus faire les courses !

– Et nos enfants, vous y pensez ?

Le maire leva les mains en geste d'apaisement pour faire taire les commentaires. La foule se tut : Maurice était respecté dans le bourg, d'abord pour sa fonction municipale, ensuite pour sa réussite sociale – l'entreprise des Chapelat tournait à plein régime –, et surtout pour sa carrure impressionnante et son caractère « soupe au lait ». Depuis tout jeune, il n'hésitait pas à s'expliquer par les poings autant que par les mots, et la plupart des habitants du village préféraient ne pas s'y frotter de trop près.

Maurice Chapelat s'adressa à la foule, à présent silencieuse :

– Je sais tout ça, et croyez bien que j'y porte toute l'attention nécessaire ! J'ai d'ailleurs convoqué un conseil municipal extraordinaire pour cet après-midi. Ceux qui veulent y assister sont les bienvenus. Vous savez bien que les séances du conseil sont publiques. De toute façon, je vous dirai demain ce qu'on a décidé. Je viendrai à l'église, juste avant la messe, pour vous tenir informés. Maintenant, rentrez chez vous ! Allez faire vos affaires normalement, et ne vous inquiétez pas : je m'occupe de tout.

Et, la force de l'habitude aidant, malgré quelques récalcitrants qui bougonnaient encore, la majorité de l'assistance provisoirement rassurée et calmée, tourna les talons pour rejoindre son quotidien.

– XIV –

« Le presbytère n'a rien perdu de son charme, ni le jardin de son éclat » pensa soudain Stéphane, avec amusement, en franchissant le petit portillon. Elle entra dans la maison étonnamment chaude, contrastant agréablement avec la fraîcheur du dehors, et s'arrêta, surprise par le silence ambiant : pas de bruits de voix en provenance du bureau du père Cheminade, pas de bruits de couverts, de plats ou de casseroles dans la cuisine, pas d'échos de télévision sortant de la chambre de Mélanie... La jeune femme réfléchit : à cette heure-là, le prêtre était probablement à l'église, achevant les préparatifs de la grand-messe du lendemain, et s'accordant un temps de méditation et de prière. René avait expliqué à Stéphane que l'office du soir étant totalement déserté par ses paroissiens, il l'avait remplacé par ce temps de prière individuelle, réflexion sur la journée écoulée, partage avec Dieu, et moment devenu indispensable.

Donc, le prêtre était probablement à l'église... Mais l'absence de Mélanie était étrange ! Bien sûr, ça ne la regardait pas, mais la jeune femme était curieuse par nature et par profession. Après une brève hésitation, elle frappa à tout hasard à la porte de la cuisine, domaine réservé de Mélanie, et, sans attendre d'éventuelle réponse, l'entrouvrit, passant la tête dans l'entrebâillement :

– Excusez-moi ! C'est bête mais, tout à coup, je me demandais où vous étiez.

Mélanie sursauta, comme prise en faute, eut un soupir excédé, marmonna deux ou trois mots inintelligibles, et fourgonna vaguement sur la table où elle était installée au milieu d'un fatras indescriptible de papiers, semblant vouloir cacher ce qu'elle était en train de faire, avant de renoncer :

– Tant pis. Je recommencerai. Ce n'était pas le moment, je m'en doutais. Allez, finissez donc d'entrer : je sais que je peux vous faire confiance.

Etonnée, Stéphane s'avança jusqu'à la table pour constater que le tas de papiers était constitué de livres anciens, jaunis, parfois tâchés, usés par les utilisations répétées, annotés, recollés, aux pages parfois détachées. Au milieu des ouvrages étalés sur la table, quelques rouleaux de ce qui semblait être du parchemin et un paquet de feuilles épaisses, vierges. Devant Mélanie, un encrier d'encre noire, un porte-plume à l'ancienne, des petits coffrets mystérieux soigneusement fermés, et une statuette de la Vierge de Saint-Cyprien. La vieille femme était en train d'écrire sur une des épaisses feuilles beiges lorsque Stéphane était entrée.

– Oh ! Je ne voulais pas vous déranger.

Mélanie haussa les épaules avec fatalité :

– Je n'aurais pas dû commencer à cette heure : je ne suis pas dans les meilleures conditions, et il ne faut pas être interrompu. Je recommencerai plus tard.

– Euh... fit Stéphane après un temps d'hésitation, que faisiez-vous exactement ?

Sans répondre, la vieille femme saisit prestement la main de Stéphane, regardant cette dernière avec intensité, la fixant avec attention comme pour l'évaluer. Stéphane se sentit tout à coup bizarrement étourdie, au bord du vertige. Puis Mélanie baissa les yeux vers sa feuille, lâchant la main de la jeune femme dont le malaise cessa instantanément.

– Pfff ! fit Brandoni, estomaquée, en s'asseyant les jambes flageolantes, comment faites-vous ça ?

Mélanie eut un sourire ambigu :

– Je ne sais pas. Je le fais, c'est tout. J'ai toujours été comme ça, depuis mes premières règles, comme ma mère, et comme sa mère avant. Je vois des choses pour aider les gens, les guérir. Au bourg, certains disent que je suis une sorcière, mais je n'ai jamais fait de mal à personne, au contraire ! Je fais simplement de la magie blanche, naturelle ou cérémonielle.

– De la magie blanche ?

– Oui : la bonne magie, celle pour faire le bien. Pas la magie noire....

En temps normal, Stéphane Brandoni aurait ri au nez de la vieille femme, mais il se dégageait d'elle quelque chose de bizarre, et puis, cette étrange sensation, tout à l'heure...

Mélanie se leva et servit d'autorité à la jeune femme un verre de liqueur de prune.

– Buvez, ça ira mieux. Vous êtes *brave*, quelqu'un de bien, je l'ai vu ! Mais pas heureuse. Ça non. Pas trop.

Stéphane avala une gorgée de liqueur. Tout à coup elle se sentit fragile comme une petite fille là, au fin fond de l'Auvergne, dans une cuisine du siècle dernier, sous le regard scrutateur mais bienveillant d'une vieille femme à moitié folle qu'elle connaissait à peine. Elle refusa de se laisser aller et d'éclater en sanglots...

Mais enfin, qu'est-ce qui lui prenait ? Suffisait-il de quelques jours à la campagne, loin de ses repères, pour qu'elle craque comme une gamine ? Elle n'était quand même pas à plaindre ! Il y avait bien pire ! Cécile aurait certainement échafaudé toute une hypothèse « psy machin chose » sur ses réactions ! A son tour, elle haussa les épaules :

– Pas heureuse... comme tout le monde... qui est tout à fait heureux ?

– C'est vrai, dit Mélanie, mais je sens là – elle pointa son doigt vers le cœur de Stéphane – de la souffrance, de la solitude. Et puis une mauvaise vie, trop de tabac, trop d'alcool...

Touchée malgré elle par les propos de la vieille femme, Stéphane prit une autre gorgée et fanfaronna :

– Hé ! C'est de la divination, ma parole ! Ça doit être drôlement pratique au quotidien !

Mélanie la regarda gravement, presque douloureusement, et Stéphane regretta immédiatement sa réaction puérile.

– Il ne faut pas en rire, petite, c'est lourd à porter. C'est fatigant. Des fois, ça fait peur. J'aurais préféré ne jamais hériter ça de ma mère. Au moins, je ne le transmettrai à personne, même si c'est contraire à la tradition !

– Pourquoi à personne ? Vous n'avez pas d'enfant ? Pas de famille ?

Il y eut un long silence. Mélanie semblait hésiter, comme perdue dans ses pensées. Stéphane commençait à se dire qu'elle n'aurait peut-être pas dû poser la question, lorsque la vieille femme se décida à répondre :

– Je n'ai pas d'enfant parce que je n'ai jamais voulu me marier. Les hommes ne valent pas grand-chose ! Et puis, j'aurais eu trop peur d'avoir une fille et de lui transmettre le don... Je n'avais qu'une sœur, plus jeune, Céleste, mais elle est morte à 28 ans.

– Et elle n'avait pas d'enfants ?

– Si, ils sont morts aussi.

Il y eut un nouveau silence. Stéphane Brandoni posa brièvement sa main sur celle de la vieille femme.

– Moi aussi, j'ai perdu un frère. Il avait 10 ans.

Mélanie hocha la tête. Les deux femmes s'enveloppèrent de silence, partageant spontanément cette douleur commune...

La première, Stéphane reprit la parole, pour secouer la chape de mélancolie qui menaçait de se refermer sur elles.

– Mélanie, vous faisiez quoi, exactement, lorsque je suis arrivée ?

Cette dernière poussa vers la jeune femme la feuille qu'elle dessinait tout à l'heure. Stéphane distingua, avec étonnement, une sorte de double cercle, orné de caractères bizarres, vaguement cyrilliques, entourant un tableau formé de multiples cases où on retrouvait certains de ces mêmes signes.

– Qu'est-ce que c'est ?

– Le pentacle de Saturne. Il protége son porteur contre les adversités de toutes natures, matérielles ou morales. Je vais en faire une médaille.

La jeune femme leva vers Mélanie un regard stupéfait :

– Parce que vous pensez que quelqu'un doit être protégé ?

– Peut-être. Le temps est proche.

– Le temps est proche ? Le temps de quoi, Mélanie ? Vous, vous savez ce qui se passe au village ! Mélanie ! Je suis sûre que vous savez qui est l'assassin !

La vieille femme regarda Stéphane en souriant, mais la complicité s'était évanouie, le partage terminé, comme si rien ne s'était passé.

– Arrêtez que de *rebuser !* Allez, allez, que je fasse le repas si vous voulez manger ce soir !

Et gentiment, mais fermement, elle raccompagna la jeune femme, la mit dehors et referma la porte de la cuisine sur ses secrets.

*

Stéphane Brandoni rejeta, d'un geste agacé, le drap de toile blanche qui recouvrait son corps moite : elle n'arrivait pas à trouver le sommeil. Elle avait fermé les persiennes, mais laissé la fenêtre entrouverte et, malgré cela, elle ne trouvait ni air ni repos. Elle poussa un soupir excédé, se remit sur le dos, les mains sous la nuque, les yeux grands ouverts, parfaitement réveillée. Stéphane était bien consciente que le vent et la pluie, signes avant-coureurs de la tempête, n'étaient pas les seuls responsables de son insomnie. La découverte du corps du pêcheur, le matin même, en la confrontant à nouveau avec la mort, avait brutalement réouvert cette vieille blessure jamais cicatrisée : le meurtre de Paul.

La jeune femme ne pouvait empêcher les souvenirs d'affluer. Elle revoyait le petit garçon tel qu'il était quand elle l'avait découvert, presque entièrement dénudé, les quelques vêtements qui lui restaient encore lacérés, le visage déformé, des traces d'ecchymoses sur tout le corps et tout autour de son petit cou d'enfant... Ses visions se superposaient avec l'image du vieux pêcheur tel qu'elle l'avait trouvé, lui aussi, le visage convulsé par la peur ou la souffrance, les yeux hagards, avec ces vers et asticots qui grouillaient dans sa bouche, dans ses narines. Elle eut un haut-le-cœur. Elle avait vu pas mal de cadavres depuis qu'elle faisait ce métier, mais celui de ce matin était particulièrement répugnant. Stéphane s'efforça de respirer calmement, tentant d'évacuer ses sinistres pensées, et essaya de se concentrer sur les petits bruits nocturnes de la maison et de l'extérieur. Elle écouta soudain plus attentivement : elle avait entendu miauler, elle en était sûre !

– Allons bon, pensa-t-elle, un peu alarmée, voilà que je déraille : je crois entendre Arakis !

Mais elle se souvint alors du chaton arrivé au presbytère l'avant-veille, et se dit avec soulagement qu'elle n'était pas encore tout à fait folle. Elle songea que la petite bête devait être un peu perdue, toute petite et toute seule dans une grande maison qu'elle ne connaissait pas et décida d'aller voir ce qui se passait. Elle se leva, enfila le pyjama jeté sur la chaise, et ouvrit sans bruit la porte de sa chambre. La petite chatte était là, assise sur le paillasson, miaulant d'un air plaintif.

– Eh bien, fit Stéphane en se penchant pour ramasser la petite bête, que fais-tu là, toi ? Tu ne dors pas non plus ?

Le chaton leva vers la jeune femme deux grands yeux verts, presque disproportionnés dans sa tête minuscule, et se mit, instantanément, à ronronner.

– Non, non, non... N'essaie pas de me séduire. Ça ne marche pas ! Allez, je te redescends et tu vas dormir dans ton panier...

Stéphane, l'animal dans les bras, descendit l'escalier avec précaution dans l'obscurité. En bas, elle aperçut avec étonnement de la lumière filtrer sous la porte de la cuisine. Elle eut une brève hésitation : elle ne voulait pas risquer de faire irruption, à nouveau, dans le domaine de Mélanie. Elle frappa timidement et entendit avec surprise la voix du père Cheminade répondre :

– Entrez.

– Excusez-moi, dit Stéphane je ne voulais pas vous déranger, mais je ramenais cette petite chose perdue jusqu'à son panier.

– Ah, vous avez trouvé notre petite Lilith ?

René s'approcha et caressa le dos du chaton qui lui lança un regard furieux et cracha avec une réelle conviction. Le prêtre sourit :

– Je crois qu'elle va avoir un peu de mal à se faire à moi ! Il suffit d'être patient. Vous ne me dérangez pas, s'empressa-t-il d'ajouter, je ne dormais pas, et je venais me préparer un tilleul-menthe. Vous en voulez un ?

La jeune femme grimaça :

– Non, merci.

– Vous avez tort. Essayez, vous verrez, en pleine nuit, c'est délicieux !

– Bon, si vous le dites...

Stéphane s'assit et regarda le prêtre s'affairer. Elle remarqua qu'il portait encore ses vêtements de la journée :

– Vous n'étiez pas couché ?

– Non. J'ai travaillé tard, et puis j'ai lu un peu et, après, je n'avais plus sommeil... Mais vous-même, Stéphane, vous ne dormiez pas ?

– Non, trop de vent, trop de choses dans la tête...

Le père Cheminade ne répondit pas tout de suite. Il prit le temps de leur servir le tilleul-menthe dans deux grands mugs, de verser dans chacun trois bonnes cuillères de sucre en poudre avant de s'asseoir :

– Vous avez envie d'en parler ?

La situation parut si incongrue à Stéphane qu'elle faillit d'abord rire. Mais rien ne se passait normalement ces derniers temps, et sa journée d'aujourd'hui, depuis la découverte du cadavre jusqu'à sa discussion avec Mélanie, en passant par sa déposition à la gendarmerie cet après-midi, l'avait déstabilisée. Aussi haussa-t-elle les épaules avec lassitude :

– Je ne sais pas, peut-être...

René Cheminade but une gorgée de tisane. La jeune femme l'imita, reposa son mug et, caressant doucement Lilith qui s'était endormie sur ses genoux, entreprit de raconter au prêtre tout ce qu'elle avait soigneusement mais en vain essayé d'effacer depuis quinze ans.

Elle dit la disparition brutale de son petit frère Paul, au beau milieu de la journée, au retour de l'école – à peine deux rues plus loin – et les recherches vaines de la police, l'angoisse de toute la famille. Elle raconta comment c'était elle qui avait retrouvé Paul en pensant brusquement à sa « cachette secrète », dans un petit coin touffu du parc. Elle avoua surtout sa culpabilité de n'avoir pas pensé plus tôt qu'il pouvait être là, même si elle n'était pas la seule à connaître cet endroit, même si l'enquête avait prouvé que Paul avait été tué dès sa disparition, et déposé là bien plus tard, après les premières recherches. Le retrouver plus tôt n'aurait rien changé... Sa culpabilité aussi d'être encore vivante, alors que lui était mort... Elle reconnut que c'était une des raisons plus ou moins conscientes qui la poussaient parfois à s'autodétruire et à saboter sa vie. Elle expliqua l'état de son frère quand elle l'avait découvert et comment l'enquête avait montré qu'il avait été roué de coups, violé, puis étranglé. Elle décrivit ensuite sa tentative de psychothérapie, et admit enfin que la seule façon qu'elle avait trouvée de s'en sortir, avait été de rentrer dans la police pour traquer tous les malades de la même espèce que celui qui avait tué son petit frère, et peut-être même pour le retrouver, lui, ce salaud.

– Alors, ajouta-t-elle, loi ou pas loi, il n'y aura pas de pardon. Je lui tirerai dans les couilles et après je l'abattrai comme un chien.

Elle se tut enfin, épuisée, vidée et, pour la première fois depuis bien longtemps, un peu apaisée.

René resta un long moment silencieux, puis prit la parole :

– Vous avez trop de souffrances en vous, Stéphane, trop de haine... La vengeance ne vous apportera pas l'apaisement, croyez-moi. La vengeance ou le pardon sont entre les mains du Seigneur « *car je suis le Seigneur votre Dieu, le Dieu fort et jaloux, qui venge l'iniquité des pères sur les enfants jusqu'à la troisième et jusqu'à la quatrième génération* ». Il faut que vous retrouviez la sérénité en dehors de la violence.

Stéphane eut une sorte de rictus qui n'échappa pas au prêtre :

– Je sais que c'est difficile ! Mais seul le pardon, avec l'aide de Dieu, peut vous apporter une délivrance. La vengeance ne ferait qu'aggraver votre souffrance, croyez-moi, je le sais. Rappelez-vous les paroles du Christ sur la Croix : « *Mon père, pardonnez-leur, car ils ne savent pas ce qu'ils font...* »

– Non, dit Stéphane, c'est trop facile. Ce salaud savait très bien ce qu'il faisait. Je ne peux pas pardonner le meurtre d'un enfant, ni la souffrance qu'il lui a fait endurer avant... Je pense vraiment qu'il vaut mieux pour l'assassin que je ne le retrouve jamais !

René Cheminade laissa alors s'écouler un long silence. Point n'était besoin de parler d'ailleurs. Ils finirent tranquillement leur tasse.

– Je crois que je vais essayer d'aller dormir, fit Stéphane. Ce sera sûrement mieux.

Le prêtre fit un mouvement de tête vers le chaton, plongé dans un profond sommeil :

– Gardez donc Lilith avec vous cette nuit : elle semble largement vous préférer à moi ! et elle vous tiendra compagnie, vous préservant des mauvais rêves.

Stéphane acquiesça en souriant et, portant Lilith serrée contre elle comme un précieux trésor, regagna sa chambre pour essayer d'y trouver un peu de repos.

*

Il y avait foule, ce matin-là, à l'église. Non parce qu'on était le cinquième dimanche après Pâques, prélude au temps de l'Ascension, mais surtout parce que Maurice Chapelat, le maire, avait annoncé la veille qu'il ferait une intervention avant la messe. Ce mode de communication d'un maire avec ses administrés pouvait paraître un peu inhabituel mais, à Saint-Cyprien-les-Roches, c'était une coutume vieille de plusieurs générations qui voulait que, lorsque le bourg traversait des difficultés ou rencontrait une situation insolite, le maire prenne la parole le dimanche, avant la grand-messe, du haut de la chaire.

La petite église s'était donc remplie d'une assistance bourdonnante et inquiète bien avant l'heure de l'office. A onze heures précises, les cloches se mirent à sonner à toute volée, réglées sur une horloge électrique qui avait fait disparaître le sonneur d'antan. Le prêtre, revêtu d'ornements blancs, pénétra alors dans l'église, suivi des deux enfants de chœur et de Maurice Chapelat. René Cheminade et les enfants s'arrêtèrent près de l'autel, debout et immobiles, pendant que le maire montait les marches de la chaire.

Le silence s'abattit sur la foule, et Maurice put prendre la parole :

– Mes chers concitoyens, je suis conscient de la gravité du problème qui nous touche, j'en ai pris la mesure, et je comprends vos inquiétudes légitimes. J'ai donc décidé, en accord avec l'ensemble du Conseil municipal de demander des renforts à la Gendarmerie afin de protéger les habitants de ce bourg tant que ces histoires de meurtres ne seront pas élucidées...

Son regard croisa celui de René Cheminade, en contrebas. Comme le maire, le prêtre savait que ça ne servirait à rien. Maurice Chapelat poursuivit pourtant :

– Je tiens ainsi à assurer la sécurité de toute personne habitant ce village. Je reste vigilant au déroulement de l'enquête, et je ne manquerai pas de vous tenir informés en cas de fait nouveau. J'espère ainsi continuer à mériter votre confiance. Merci.

Un rien cabot, le maire s'attarda un peu en chaire après les derniers mots, mais la lamentation du vieil harmonium, suivie par la voix du prêtre, le rappela à ses devoirs. Il redescendit donc à regret, tandis que l'officiant accompagné par une poignée de fidèles, entonnait le chant d'entrée : « *Annoncez cette heureuse nouvelle, faites-la entendre, alléluia....* »

– XV –

En dépit du temps légèrement plus clément de cette fin de matinée, le village semblait déserté par ses habitants. En débouchant sur la place, Stéphane fut frappée par l'étrangeté de la situation. Elle savait pourtant, pour l'avoir appris la veille, au cours du repas, que l'ensemble de la population serait massée à l'église pour y entendre la déclaration du maire. Cependant, elle retirait une impression bizarre de se retrouver là, seule, au milieu du bourg.

Au moment où la Marie-Bernadette sonnait les onze coups, Stéphane se rendit compte qu'une autre personne avait résisté à l'appel de la curiosité et n'était pas, non plus, à l'église. Elle s'approcha juste assez pour reconnaître Théodore Mesnier, assis tranquillement à la terrasse de l'hôtel, qui, l'ayant aperçue à son tour, lui fit signe de le rejoindre.

– Bonjour, fit la jeune femme en s'asseyant, vous n'êtes pas à l'église ?

– Et vous ? Puis-je me permettre d'offrir un verre à ma complice ? répondit l'homme en éludant la question.

Stéphane fronça les sourcils :

– Je vois que Barrière vous a parlé avant de vous relâcher !

Théodore Mesnier sourit :

– S'il ne m'avait parlé qu'avant de me relâcher ! Je suis son suspect numéro un, vous savez, mais il n'a pu fournir aucun début de preuve contre moi, et mon avocat n'en a pas eu pour longtemps pour me faire remettre en liberté !

– Votre avocat ? Parce que vous avez un avocat personnel ?

– Ma jeune sœur, Laure, une femme très brillante ! Alors, ce verre ?

– Bon, d'accord. Qu'est-ce que vous êtes en train de boire ?

– Un pastis, voyons ! Par ce temps...

Stéphane fit la grimace :

– Merci, je préfère une vodka.

– A cette heure-là ?

– Ben... oui.

Théodore Mesnier se leva, entra dans l'hôtel, et ressortit rapidement avec un petit verre embué qu'il déposa devant la jeune femme :

– Je vois que Barrière ne vous a pas gardée non plus !

Stéphane haussa les épaules :

– Ses suppositions sont toutes plus idiotes les unes que les autres ! Il ne sait plus où il en est, voilà tout ! Il s'est laissé déborder par cette enquête.

– Vous vous seriez mieux débrouillée, vous qui êtes flic ?

– Décidément, vous êtes au courant de tout ! Je ne sais pas si je me serais mieux débrouillée, mais il y a au moins deux pistes que j'aurais commencé à creuser : celle du maire, et vous.

– Le maire ? Tiens, pourquoi ?

– Une impression... et des coïncidences trop nombreuses... C'est un type qui me fait un sale effet, si j'en crois ce qui se dit sur lui...

– Ah ! Vous voyez ! Vous aussi vous y venez ! Méfiez-vous : les ragots sont vite contagieux !

– Bon, vous voulez mon avis ou pas ?

– C'est bon. Ne vous fâchez pas. Je vous écoute.

– Bien. Il semblerait que ce type soit une sorte de brute épaisse doublée d'un personnage roué et calculateur, plus prompt à régler ses différends par le poing que par la discussion. Il paraît que sa femme tombe plus souvent dans l'escalier que la norme, si vous voyez ce que je veux dire !

– Oui, il la cogne, tout le monde le sait ici... Mais, ça n'en fait pas pour autant un assassin !

– Oui, d'accord, mais il y a ces coïncidences répétées : c'est lui qui découvre le premier cadavre, il passe à la boucherie le matin de la mort de Courtial, et je le croise, tôt le matin, dans une direction opposée à celle de son entrepôt, juste le jour où le pêcheur est assassiné ! Moi, en tout cas, j'aurais vérifié tout ça d'un peu plus près !

La jeune femme s'accorda une pause, les yeux mi-clos, savourant la fraîcheur de sa boisson et son goût légèrement âpre. Les yeux fixés sur elle, Théodore Mesnier contemplait son profil fin, ses courts cheveux auburn aux mèches un peu indisciplinées, et il était en train de se dire que cette curieuse jeune femme était bien attirante lorsque, consciente du regard un peu trop appuyé de son voisin, celle-ci se redressa sur son siège, vaguement gênée, et contre-attaqua :

– Quant à vous, vous êtes forcément le sujet idéal !

– Ah bon ! Oui, peut-être... En tout cas, c'est ce qu'a l'air de penser Barrière.

– Allons, voyons ! Vous vous rendez bien compte que personne ne sait rien sur vous ou pas grand-chose, que vous êtes toujours aux endroits les plus bizarres aux moments où on s'y attend le moins, et que vous furetez partout sans qu'on sache trop ce que vous cherchez. C'est un comportement suspect, surtout dans un petit village où, vous l'avez dit vous-même, tout se sait ! Moi, je vous aurais demandé ce que vous faisiez là, et pourquoi.

– Je vous rassure, Barrière s'est chargé d'une partie de cet interrogatoire !

– Et ?

– Et rien. J'ai horreur des questions sur ma vie. Je suis quelqu'un d'assez secret, et je n'aime pas qu'on mette le nez dans mes affaires. J'ai répondu au minimum, et notre cher lieutenant en a été pour ses frais.

– Donc, il vous a coffré.

– Dame ! Qu'auriez-vous fait à sa place ?

Stéphane resta songeuse un instant.

– Puisqu'il paraît que je suis votre complice, j'ai bien le droit d'en savoir un peu plus sur vous, non ? Vous connaissez déjà plein de choses sur moi, ce serait équitable, qu'en pensez-vous ?

Théodore Mesnier rit franchement :

– Bien essayé, je l'avoue ! Vous savez, je n'ai rien d'extraordinaire, mais les gens fantasment lorsqu'ils ignorent les choses, n'est-ce pas ? Ils laissent libre cours à leur imagination.

– Mais quand même...

Mesnier prit une gorgée de pastis, réfléchit...

– Eh bien, pour vous alors, d'accord... Notre saga familiale est un peu compliquée. D'une certaine façon, mon histoire personnelle commence pendant la dernière guerre, celle de 39-45... Dans la famille Bleinroth, une famille paysanne, simple, du sud de l'Allemagne, il y avait deux enfants : le fils aîné, Franz, né en 1922, et sa jeune sœur, Mariethres, née en 1931. Au moment de la guerre, Franz est parti se battre en France, comme les autres, mais il y a été rapidement fait prisonnier. Il a travaillé dans une ferme jusqu'à la fin de la guerre. La paix revenue, il a décidé de rester en France où il avait rencontré la femme qu'il aimait, et où il avait commencé, de fait, à construire sa vie. Ses parents et sa sœur n'avaient des nouvelles que de temps à autre : Franz n'était pas très porté sur l'écriture. Soudain, en 1957, ils reçurent une lettre du maire du village où habitait Franz ; il y parlait d'un effroyable accident, Franz était mort avec toute sa famille.

Stéphane écoutait attentivement, ne voyant pas trop où Mesnier voulait en venir.

– Il fut alors décidé que Mariethres viendrait en France pour comprendre ce qui s'était passé et s'occuper des funérailles de Franz et de sa famille. Par tout un réseau de connaissances, les parents Bleinroth contactèrent, à Paris, un jeune juriste plutôt brillant, parfaitement bilingue, qui accepta d'aider Mariethres dans ses démarches en France.

Théodore fit une pause et, mêlant l'emphase à l'ironie, s'inclina devant Stéphane et annonça :

– C'est ainsi que Mariethres Bleinroth rencontra Octave Mesnier.

– Oh, fit Stéphane.

– Eh oui ! Répétant le schéma de son frère, Mariethres épousa un Français et resta vivre en France, à Paris. Les Mesnier vécurent heureux et eurent beaucoup d'enfants... enfin trois : deux filles et un garçon, l'aîné que vous avez devant vous, ma chère.

– Bien. De ce début prometteur, j'en conclus que c'est votre épopée familiale qui vous a poussé à vous intéresser à l'histoire en général, et à la deuxième guerre mondiale en particulier.

– Oui, bien sûr. C'était forcément difficile de faire la synthèse entre mes deux origines, l'allemande et la française. J'avais besoin de comprendre toute cette période et de l'analyser. Les bons n'étaient pas d'un côté et les mauvais de l'autre. J'avais besoin de me réconcilier avec les deux parties de moi-même, de cesser de vivre cette forme de schizophrénie...

– Et les recherches sur les prisonniers allemands, c'était pour retrouver les traces de votre oncle ?

– Non, pas seulement. Par mes parents, je savais où et comment étaient morts mon oncle et sa famille, où ils étaient enterrés. Mais je crois que là aussi, j'avais besoin de comprendre ce choix de vie plutôt difficile pour un Allemand, de rester vivre ici après la guerre. Et il y a encore très peu d'ouvrages sur la question.

– Oui. Je vois, mais, et la Légion dans tout ça ?

Théodore Mesnier s'accorda une nouvelle gorgée de son breuvage anisé.

– La famille Mesnier était heureuse. Ma mère ne s'était pas si mal intégrée dans la société française. Mais à Paris, grande ville cosmopolite, c'était plus facile. Je faisais donc des études d'histoire, je terminais alors ma maîtrise, mes petites sœurs suivaient une scolarité sans problème. Nous avions une vie plutôt aisée : mon père réussissait bien dans son métier et il était l'unique héritier d'une vieille famille bourgeoise.

– Et ?

– Et *consumatum est* : mes parents moururent dans un accident d'avion, en allant à Stockholm où mon père devait prendre la parole à un congrès. Hortense avait quinze ans et Laure douze : elles furent confiées à une cousine paternelle célibataire. Quant à moi, j'avais vingt et un ans, j'avais besoin de fuir, d'oublier, d'exorciser et, à l'époque, je n'ai vu qu'une seule issue : la Légion étrangère.

Il se tut. Stéphane finit sa vodka d'un coup sec.

– Je vous offre un autre verre ? demanda-t-elle.

– Hé ! Dites-moi, dans quel état vous allez être, après ?

– Ne vous occupez pas de ça ! Pour moi, ça va. Alors ? Un autre verre ?

Mesnier eut un sourire :

– Si pour vous ça va, pour moi ça va aussi.

Ils attendirent en silence d'être resservis. La place encore vide, se réchauffait à peine au fragile soleil qui avait succédé à la tempête de la nuit précédente. Brandoni reprit :

– Mais pourquoi la Légion ?

– Je ne sais pas. Une sorte de fascination de gosse : le képi blanc, le pas lent des légionnaires aux défilés, les missions difficiles d'aventuriers des temps modernes...

– Et alors ? Vous avez été déçu ?

– Non, je n'ai pas été déçu. Je ne regrette rien de ces cinq années. J'ai trouvé à la Légion plus de chaleur humaine et de solidarité que n'importe où ailleurs.

– Mais, vous n'avez pas rempilé ?

– Non. Pour moi, j'en avais fait le tour. Ça m'avait permis de me dépasser, de me connaître vraiment, mais j'avais besoin de reprendre pied dans ma vie. J'ai retrouvé mes sœurs et j'ai repris mes études. J'ai passé mon DEA en histoire, puis une thèse. J'avais la chance de pouvoir vivre de l'héritage laissé par mes parents, alors j'ai refusé d'opter pour l'enseignement. J'ai choisi la recherche, les publications... Et voilà ! vous voyez, rien d'extraordinaire.

– Ben, quand même ! Et votre vie actuelle, toujours aussi agitée ?

– Ma vie actuelle ?

– Oui, comment vivez-vous ? Avec qui ? Ce genre de choses...

– Ah ! Je ne savais pas que je vous intéressais autant, j'en suis flatté...

– Ne vous méprenez pas. C'est un intérêt strictement professionnel.

– Mais, bien entendu... C'est comme ça que je l'avais compris, ajouta-t-il avec un sourire ambigu. Même si cela ne vous concerne pas, je peux quand même vous dire que je vis toujours de l'héritage de mes parents, comme vous le savez déjà, et de mes articles, publications et livres qui, par bonheur, rencontrent une certaine audience. Quant à ma vie privée, je me suis marié il y a maintenant douze ans.

Le visage de Mesnier se contracta :

– Malheureusement, ma femme souffre d'une forme particulièrement précoce de la maladie d'Alzheimer et elle est dans un établissement spécialisé. Nous n'avons pas eu d'enfant : je pense aujourd'hui que c'est une chance. Maintenant vous savez tout ! Et je suis sûr que vous n'avez trouvé nulle part matière à suspicion !

– Non, c'est vrai, admit Stéphane, quoique... cette histoire de votre oncle ? Est-ce que par hasard il n'aurait pas habité dans le coin pour que vous vous y soyez installé ?

– Bien vu. Effectivement, je commence à croire que vous vous seriez mieux sortie de cette enquête que ce pauvre Barrière. Mon oncle n'habitait pas simplement « dans le coin », il habitait ici, à Saint-Cyprien-les-Roches, et de plus, à présent j'en suis tout à fait convaincu, il n'est pas mort accidentellement. Ce sont des villageois qui l'ont tué, lui, sa femme et ses enfants.

Stéphane Brandoni resta sidérée par ce qu'elle venait d'entendre mais, avant qu'elle ne puisse l'interroger plus avant, le lieutenant Barrière, surgi de nulle part, se dressa devant eux comme la statue du Commandeur :

– Je vous rappelle que vous ne devriez pas vous parler, afin d'éviter toute entente illicite. Par ailleurs, vous n'avez toujours pas le droit de quitter le bourg, ni l'un ni l'autre.

– Entente illicite ? dit Mesnier. Voyons, lieutenant, est-ce illicite d'offrir un verre à une jolie jeune femme, en terrasse, au vu et au su de tout le village ? Si vous n'êtes pas en service, joignez-vous donc à nous !

Le lieutenant Barrière leur lança un regard meurtrier et, sans se donner la peine de répondre, tourna les talons et s'éloigna.

– C'est dommage, constata Théodore Mesnier, je soupçonne qu'il ne doit pas être si désagréable quand il se laisse aller, non ?

Mais Stéphane était restée sur la dernière information délivrée par Mesnier :

– Qu'est-ce qui vous fait dire qu'ils ont été tués ? Et comment se fait-il que personne ne soit au courant, que personne n'ait été puni ?

– Ils ont été tués, vous pouvez me croire. Les assassins ont fait croire à un accident. Je le sais, à présent.

– Et ce qui se passe actuellement au village, vous le savez aussi, peut-être ?

Théodore regarda la jeune femme avec gravité :

– Oui, je le sais. Mais ne comptez pas sur moi pour révéler quoi que ce soit : une sorte d'habitude du secret, depuis la Légion. A vous de faire votre propre parcours, si vous le souhaitez. Vous en savez déjà assez ! Ecoutez, observez, sachez voir la dualité des êtres, promenez-vous dans le village, au cimetière... La vérité est là, juste là... et le temps est proche...

Et sur cette étonnante conclusion, écho inquiétant aux propos tenus par Mélanie, il se leva et partit.

*

Stéphane Brandoni jeta un coup d'œil à sa montre. Elle avait encore un quart d'heure devant elle avant la fin de la messe et le repas au presbytère et, malgré sa répugnance pour ce genre d'endroit, elle décida de suivre les conseils de Mesnier et de se rendre au cimetière.

Un peu en lisière du village, celui-ci était entouré de hauts murs en pierres sur lesquels des plantes grimpantes de toutes sortes apportaient un peu de couleur. Comme la jeune femme s'y attendait, le portail était usé, un peu rouillé, et il grinça lorsqu'elle le poussa. Elle s'arrêta, un peu déconcertée... Par où commencer ? Et, surtout, que chercher ?

Près d'elle, l'une des tombes, très large, supportait une double construction, sorte de chapelle à deux ailes, dont l'une était dédiée au mari et l'autre au fils unique d'une certaine Yvonne Marcailloux. Les fleurs, fraîches et abondantes, et l'impeccable propreté de l'ensemble témoignaient d'un entretien régulier.

A mieux observer, la jeune femme remarqua qu'elle devait être dans la partie la plus ancienne du cimetière comme le suggéraient le délabrement et l'abandon de certaines sépultures, l'usure des pierres ainsi que celle de certains noms et dates gravés. Sans savoir ce qu'elle devait rechercher, Stéphane commença à marcher au hasard des allées, lisant ici un nom ou une date, là une citation mélancolique, ailleurs une inscription un peu mièvre ou naïve, se laissant attirer par la couleur d'une verrière ou l'aspect d'une tombe.

Tout à coup, son œil fut attiré par un nom qu'elle connaissait : *Cheminade*...

« Mais c'est le nom du prêtre, ça » se dit-elle, et elle observa la tombe de plus près. C'était une sépulture haute et austère, entièrement réalisée en pierre sombre et dominée par une croix impressionnante qui semblait l'écraser. Elle ne portait aucune fleur, aucune plaque, aucun décor ou globe coloré. Ni de plantations au pied, ni de photographies des défunts. On pouvait juste lire, sur le bras de la croix, l'inscription suivante :

« *Requiem aeternam dona eis, Domine,*
et lux perpetua luceat eis. »

Et, au-dessous, gravés dans la pierre, les noms d'environ trois générations de *Cheminade*, dont les premiers commençaient un peu à s'effacer. La jeune femme lut avec curiosité la liste des noms et s'attarda sur les derniers :

Marie Bregiroux épouse Cheminade
(18.01.1921–03.12.1951)

Suzanne Cheminade
(03.12.1951–05.07.1957)

Paul Cheminade
(02.03.1916–05.07.1957)

Stéphane se demanda si Marie et Paul étaient les parents du père Cheminade. Compte tenu des dates, ça pouvait bien être le cas. Mais même, dans l'histoire inscrite dans la pierre, il n'y avait là rien qui puisse l'aider à comprendre le présent... Marie était probablement morte en couches, comme le suggéraient les dates, et Paul et sa fille le même jour, coïncidence macabre ou accident... Malheureusement rien que de très banal. La jeune femme poursuivit son cheminement, essayant de rester vigilante aux détails un peu inhabituels, se demandant si le prêtre avait d'autres frères et sœurs. Il est vrai qu'il ne parlait jamais beaucoup de lui, attentif aux autres avant tout... Stéphane passa ensuite devant trois sépultures récentes, où les couronnes et gerbes achevaient de se faner, et où elle lut, sans surprise, sur la première :

Prosper Chapelat
(10.04.1939–22.04.1997)

puis, sur la suivante :

Raymond Courtial
(03.11.1932–29.04.1997)

et sur la dernière des trois, la moins fleurie :

Henri Besseyre
(29.01.1927–25.04.1997)

Stéphane nota avec un certain amusement que la tombe de Raymond Courtial s'ornait déjà d'une grande plaque en marbre gris clair où figurait une femme en pleurs, ses longs cheveux lui masquant le visage, avec le texte suivant :

A mon mari bien-aimé
Il a été la lumière de ma vie,
Mon soutien et mon bonheur
Sans lui ma joie s'est enfuie
Je ne vis plus que pour le retrouver
Qu'il repose en paix
Je ne cesse pas de l'aimer.

Eh bien, rien de nouveau ou d'instructif ! La jeune femme s'agaça du ton mystérieux qu'avait employé Mesnier et de ses conseils alambiqués. S'il savait quelque chose, après tout qu'il le dise ! Elle revint d'un pas énergique vers le portail, décidée à cesser cette comédie et à rentrer manger, bien au chaud... Retraversant la partie la plus ancienne, elle faillit s'entraver sur une plaque au ras du sol, d'un blanc immaculé et d'une propreté telle qu'on aurait pu la croire posée de la veille, et sur laquelle se détachaient nettement six noms en lettres dorées. Stéphane déchiffra sans difficultés :

Franz Bleinroth
(03.04.1922–09.07.1957)

Céleste Maltaire épouse Bleinroth
(10.06.1929–09.07.1957)

Robert Bleinroth
(04.05.1948–09.07.1957)

André Bleinroth
(29.10.1949–09.07.1957)

Léa Bleinroth
(18.11.1951–09.07.1957)

Catherine Bleinroth
(09.08.1954–09.07.1957)

Malgré elle, la jeune femme frissonna en pensant à la catastrophe qui avait pu entraîner la mort de toute cette famille le même jour. Et les enfants ? La petite dernière qui n'avait pas trois ans ! Se pouvait-il que Théodore Mesnier ait raison ? Quelle horreur ! Et pourquoi auraient-ils été tués ? Une vengeance de guerre ? Mais pourquoi si longtemps après ? Et personne n'en aurait rien su ? Elle haussa les épaules, non, c'était invraisemblable. Mesnier s'était foutu d'elle avec son histoire de meurtre ! Elle le soupçonnait même de l'avoir fait pour se donner un air intéressant. Elle allait se détourner de la tombe, lorsque son regard fut attiré par une sorte de gros médaillon bordé de caractères étranges, posé à plat sous les noms, bien au centre, et qui lui rappela vaguement quelque chose. Un des prénoms aussi lui semblait familier. Elle réfléchit. En vain...

Excédée, comme elle s'éloignait de la sépulture, elle aperçut au loin Dine, assise sur une tombe, entourée d'une dizaine de chats à qui elle distribuait, à pleines mains, la nourriture qu'elle sortait d'un petit sac en plastique bleu posé à côté d'elle. Elle caressait tantôt l'un, tantôt l'autre, en prenant un pour le bercer, leur parlant. Elle était radieuse et ravie, et Stéphane se sentit intruse et, presque clandestinement, quitta le cimetière.

*

Brandoni se dirigeait à grands pas vers le presbytère, pressée de rentrer. Après les deux vodkas prises à jeun, il était grand temps qu'elle mange quelque chose ! La jeune femme se sentait irritée, agacée par la tournure récente qu'avaient pris les évènements, l'attitude étrange de Mélanie, les invraisemblances de Mesnier, les meurtres qui se succédaient... Elle avait pourtant l'impression de commencer à entrevoir un lien, une idée, comme si elle était sur le point d'aboutir à quelque chose d'important. Bien sûr, ce n'était pas elle qui enquêtait sur cette affaire, mais son instinct professionnel et sa curiosité naturelle étaient piqués au vif, et elle aurait bien aimé connaître le fin mot de cette histoire ! De plus, découvrir la vérité avant ce prétentieux de Barrière, n'aurait pas été pour lui déplaire.

Elle traversa la place, envahie par les personnes qui sortaient de l'église et qui s'arrêtaient par petits groupes, pour commenter l'intervention du maire. Elle contourna deux vieilles femmes plongées dans une conversation animée en patois, avant d'apercevoir une silhouette qu'elle connaissait sortir du presbytère. La jeune femme s'arrêta, intriguée. Théodore Mesnier, car c'était bien lui, se retourna vers la maison. Mélanie en sortit à son tour. Ils s'étreignirent longuement, puis Mesnier s'éclipsa et la vieille femme rentra dans la bâtisse.

Stéphane en resta abasourdie :

– Ça alors ! Qu'est-ce que ça veut dire ? Je croyais qu'ils ne pouvaient pas se supporter !

Elle accéléra encore un peu le pas, et pénétra à son tour dans le presbytère où elle croisa Mélanie, les yeux rouges, l'air un peu chose.

– Ça va, Mélanie ? Dites donc, ce n'est pas Mesnier qui sortait d'ici ?

La vieille femme se tourna vers Stéphane, dans une attitude exprimant la surprise la plus totale :

– Théodore Mesnier ? Oh pas, pas du tout !

Et elle regagna sa cuisine.

– XVI –

Comme à l'extérieur où le ciel se couvrait, l'atmosphère fraîchissait et où un certain vent se levait, le temps se gâtait aussi, en ce lundi matin dans la salle de réunion de la gendarmerie. Le lieutenant Barrière ne décolérait pas, soumis à la pression de ses supérieurs hiérarchiques pressés de voir boucler un dossier qui devenait gênant, et touché dans son orgueil de ne pouvoir conclure plus vite une affaire qu'il avait crue facile. Debout, face à l'équipe au grand complet qui laissait passer le grain sans broncher, il allait et venait d'un bout à l'autre de la pièce, faisant des gestes saccadés et s'en prenant à chacun. Après avoir grondé, vitupéré, ironisé et craché tout son venin, il conclut :

– Et en plus, nos deux suspects éventuels se foutent de nous ! Je les ai vus, hier, en terrasse ensemble ! Sous notre nez !

Tiens, tiens, se dit Fleur Ganguylen, ensemble...

Il y eut un flottement dans l'assistance : la plupart des gendarmes présents partageaient l'avis de leur chef sur Mesnier. En revanche, ils ne croyaient pas du tout à une quelconque culpabilité de Brandoni. Le lieutenant sentit cette légère modification dans l'humeur de ses troupes et cela le calma partiellement.

– Bon, dit-il en s'asseyant enfin, qu'a-t-on de réellement nouveau depuis samedi ?

– Le rapport du légiste, lança l'adjudant. Il confirme les premières constatations : Séraphin Mathivet a été étouffé. Il y a eu bagarre et son agresseur, après l'avoir immobilisé, lui a enfoncé ses vers et appâts dans la bouche et les narines jusqu'à ce qu'il étouffe. Il a été tué peu de temps avant que Stéphane ne le trouve.

– Le lieutenant Brandoni, maugréa Barrière, pas Stéphane. Tâchez de rester professionnelle, Ganguylen !

Sans paraître remarquer l'intervention de son supérieur, Fleur continua :

– L'analyse du contenu stomacal montre que son dernier repas avait été pris environ une heure plus tôt : pain, fromage, café. Pas de trace de toxique. En revanche, il avait aussi ingéré des vers et des asticots... Egalement pas mal de médicaments en cours de digestion : l'analyse pharmacologique n'est pas terminée, mais Legrand suppose qu'on trouvera vraisemblablement des produits de chimiothérapie et des antalgiques. L'ana-path a bien retrouvé le cancer du pancréas avec des métastases pulmonaires, et même une métastase cérébrale probablement encore trop petite pour donner des signes cliniques.

– Pauvre type, intervint le major Lelièvre avec compassion, c'est aussi bien qu'il soit mort, finalement.

– On ne vous demande pas de la pitié, Lelièvre, mais de l'efficacité, trancha Barrière. Quoi d'autre, Ganguylen ?

– Pas grand-chose de significatif pour nous.

– Pour ma part, j'ai interrogé Marcelle Mathivet avec Charmes. Là encore, rien de bien intéressant. Selon elle, son mari était un brave homme apprécié par tous, un bon mari, un bon père. Même discours que Violette Courtial. A se demander pourquoi, dans ce bled, on s'obstine à tuer des types aussi parfaits !

– Peut-être parce qu'ils sont trop parfaits, justement..., hasarda Fleur pour tenter de détendre l'atmosphère.

– A part le témoignage du lieutenant Brandoni, nous n'avons rien sur ce samedi matin. Comme d'habitude, personne n'a rien vu ni rien entendu. Lelaidier, vous continuez à interroger la population.

– Oui, mon lieutenant, mais je dois aussi accueillir, cet après-midi, les renforts demandés par le maire.

– Ah oui ! C'est vrai. Comme si ça pouvait nous aider d'avoir une dizaine de péquins de plus dans les pattes ! Enfin... ça a au moins le mérite de rassurer les habitants ! Mais j'ai bien peur que ça n'empêche rien tant qu'on n'aura pas trouvé qui fait ça et pourquoi. Comme je vous l'ai déjà dit, il nous faut plutôt travailler sur l'hypothèse d'un seul meurtrier.

– Oui, intervint Ganguylen, mais il nous faut trouver les points communs entre les trois morts et, pour l'instant, il n'y en a pas beaucoup, hormis le fait que ce sont tous des hommes âgés de plus de 58 ans.

Il y eut un silence.

– Vengeance, jalousie, conflit d'intérêts, trafic ayant mal tourné... On peut tout imaginer, même le fait que ces trois morts n'aient aucun rapport entre eux et que cette série de crimes soit l'œuvre d'un dément, constata Barrière avec amertume.

– En parlant de trafic, mon lieutenant, il se murmure au village que le Maurice Chapelat faisait des affaires pas claires avec Henri Besseyre, rapporta Lelièvre.

– Le maire ? Bon, il faudrait voir aussi dans cette direction.

– D'autant plus, ajouta Fleur à qui Stéphane avait exposé sa théorie, qu'on le retrouve un peu partout : il découvre le corps de Besseyre, passe à la boucherie le matin de l'assassinat de Courtial, et est vu dans le bourg samedi matin, plutôt en direction inverse de celle son entrepôt...

– Oui, oui, dit Barrière avec une lueur d'intérêt, pourquoi pas ? Nous allons l'interroger, mais en douceur quand même, c'est le maire ! Pas de gaffe, ni de remous... Nous allons le convoquer pour demain après-midi, officiellement pour parler avec lui de la situation. Mais gardez aussi l'œil sur Mesnier et Brandoni : ils ne sont pas clairs ces deux-là ! Bon, alors, Charmes, vous allez convoquer le maire. Et mettez-y les formes, comme on l'a dit ! Les autres, vous savez tous ce que vous avez à faire. Débriefing ce soir à 18 heures, comme d'habitude. Je vous remercie.

Tous les assistants se levèrent avec un bel ensemble et sortirent rapidement. Le lieutenant Barrière s'approcha de Fleur qui allait partir à son tour :

– Euh..., adjudant Ganguylen, je ne sais pas trop comment vous dire ça... J'ai trouvé votre hypothèse très intéressante, et je me demandais si vous accepteriez d'en discuter avec moi autour d'un bon repas au restaurant ?

*

Patrick Charmes quitta avec soulagement l'entrepôt de Maurice Chapelat et remonta dans la Clio de la gendarmerie. L'entretien ne s'était pas si mal déroulé. Chapelat avait pris la convocation de Barrière avec une relative philosophie, et avait assuré qu'il serait là, le lendemain après-midi, pour faire le point sur la situation.

Cependant, ce n'était pas l'entretien en lui-même qui avait gêné Charmes, mais plutôt une sensation d'étouffement, dans ce local sans fenêtre, uniquement éclairé par des halogènes et la lumière entrant par la double porte d'entrée coulissante. Les odeurs, surtout, l'avaient incommodé : odeur du bois fraîchement scié et travaillé, odeur de la sciure et des copeaux, parfums des vernis et des solvants, effluves de peintures... Patrick Charmes était un homme de la terre, arrivé à la gendarmerie un peu par hasard, par besoin de travail. Et tout local fermé ou trop odoriférant, lui donnait une sorte de malaise et de désagréables nausées. Il s'assit donc avec satisfaction au volant de la voiture de fonction, ouvrit grand les vitres et s'éloigna sans demander son reste.

*

Maurice Chapelat, penché sur le pied de la chaise qu'il rabotait avec soin, était en train de réfléchir à la convocation de la gendarmerie pour le lendemain lorsqu'il perçut une ombre qui venait de s'interposer entre la lumière venue de la porte ouverte et son ouvrage. Il n'avait pas besoin de se retourner pour savoir qui c'était. Sans interrompre son travail, il lança :

– Entre, je t'attendais. Je savais que tu viendrais...

Il y eut un silence. Dans la pièce, seul résonnait le bruit râpeux et mécanique du rabot. Se retournant cette fois vers son visiteur, utilisant son outil comme arme ou comme bouclier, Maurice reprit :

– Tu sais bien qu'on a pas cherché ce qui est arrivé : ce n'était pas vraiment notre faute ! Et puis, d'une certaine façon, c'était aussi pour toi !

Le coup tomba avant que Chapelat n'ait pu prendre conscience du danger. Violent, sec, inattendu, précis, un seul coup de planche en bois massif, sur le côté gauche du crâne. Maurice s'effondra, la respiration difficile, quasi inanimé, le nez dans les copeaux.

L'intrus posa calmement la planche par terre et prit le temps de regarder autour de lui. Avisant les multiples bidons et pots de vernis et solvants, il les prit, méthodiquement, en répandit méticuleusement le contenu sur le menuisier qui geignait doucement sur le sol. Il en versa aussi sur les planches et les meubles les plus proches, puis, s'emparant d'une boîte d'allumettes, il en sortit une avec calme, l'alluma et la jeta sur l'homme à ses pieds. Instantanément les flammes jaillirent, embrasant Chapelat, les copeaux, les planches...

Le visiteur sortit alors rapidement, tandis que le feu, aidé par les matériaux combustibles qu'il trouvait dans l'entrepôt, gagnait progressivement l'ensemble du bâtiment. Refermant soigneusement la porte coulissante, il partit vers le village sans se retourner, sans même se préoccuper des cris du menuisier succombant sous les flammes...

Odette Chapelat sortit de l'abri sous les arbres d'où elle avait observé, avec incrédulité, toute la scène. Venue apporter sa *chopine* à son mari, elle était arrivée sur les talons du visiteur et avait préféré s'éclipser en entendant les premières paroles de Maurice. Elle regarda avec stupéfaction la fumée épaisse qui s'échappait des interstices des cloisons et sous la porte, et vit les premières flammes commencer à lécher le toit de l'entrepôt. Elle entendit, à l'intérieur, la voix de son mari qui appelait à l'aide et qui criait de souffrance...

Alors, tranquillement, elle sortit de sa poche le trousseau où elle gardait toutes les clefs de la maison, de l'entrepôt et même du garage, choisit avec attention celle qui correspondait à la double porte coulissante et, avec un plaisir indicible et une sauvage détermination, elle fit tourner la clef dans la serrure, enfermant Maurice à double tour...

A bout de forces, elle se laissa tomber à genoux dans l'herbe. Joignant les mains, elle commença à prier avec ferveur jusqu'à ce que les cris de son mari se fassent plus faibles, se muent en râles, puis s'arrêtent à tout jamais... Alors, et alors seulement, elle se releva lentement, brossa ses genoux énergiquement, respira à fond, puis prit son élan vers le village en criant :

– Au secours ! Au feu ! Au secours !...

*

– C'est peut-être un accident ? hasarda le major Lelièvre dans le silence catastrophé qui régnait à la gendarmerie pour le débriefing de 18 heures.

– Un accident ? s'étonna Barrière, alors que Chapelat était connu pour travailler toujours, été comme hiver, la porte ouverte, alors que là, elle était fermée à double tour sans aucune trace de clef à proximité ?

Tous affichaient une mine consternée.

– Il s'est peut-être suicidé, suggéra Fleur, à son tour. Se sachant coupable des meurtres et convoqué ici pour demain, il a pensé que nous avions deviné, et a préféré en finir plutôt que de risquer une condamnation.

– Donc, adjudant Ganguylen, d'après vous il se serait d'abord assommé, et ensuite il aurait mis le feu à son entrepôt, constata le lieutenant, sarcastique.

– Non, il a très bien pu se faire cette blessure à la tête en tombant, asphyxié, après le début de l'incendie.

– Je vous remercie de vos efforts, Ganguylen, mais vous avez entendu comme moi le médecin dire qu'à son avis et compte tenu de sa localisation, de l'angle et de l'endroit de la chute, et sous réserve des résultats de l'autopsie, la blessure à la tempe était antérieure. J'ai bien peur que nous nous trouvions, malheureusement, devant un nouveau meurtre.

L'équipe s'abîma dans un mutisme profond, chacun perdu dans le cours de ses pensées, recherchant désespérément le début de solution qui manquait pour commencer à dénouer l'écheveau infernal de cette histoire...

– Et encore,... commença Yves Barrière.

Toutes les têtes se tournèrent vers lui avec espoir.

– Et encore, nous avons eu de la chance que cette averse arrive en plus des secours ! Sinon, tout aurait été réduit en cendres, et nous n'aurions plus aucune indication, pas le moindre indice. Déjà que nous n'en avons pas beaucoup...

Les têtes se baissèrent à nouveau, déçues...

Comme pour renforcer ce triste constat d'échec, la pluie redoubla de violence, fouettant les vitres avec rage, masquant le paysage d'un lourd rideau gris, chassant la population des rues.

– Quel temps de merde ! soupira le lieutenant. Aussi décourageant que cette enquête ! Il nous faudrait un miracle ! Je ne vois plus que ça !

– XVII –

René Cheminade, la main posée sur le manteau de la cheminée, regardait le feu d'un air accablé lorsque Stéphane, de retour de son jogging matinal, entra dans la pièce.

– Oh, pardon ! fit la jeune femme, je ne voulais pas vous déranger.

– Vous ne me dérangez pas, Stéphane, finissez donc d'entrer.

– Excusez-moi, Père Cheminade, je me mêle peut-être de ce qui ne me regarde pas, mais ça n'a pas l'air d'aller. C'est ce nouveau meurtre qui vous afflige ? Vous en craignez d'autres ?

– Oui, dit le prêtre, ce meurtre m'afflige profondément. Mais il n'y en aura pas d'autres. Grâce à Dieu, c'est terminé !

– Ah...

Avant que la jeune femme ait pu demander au prêtre pourquoi il en était si sûr, Lilith, couchée près de la cheminée, mais à bonne distance du Père

Cheminade, se leva d'un bond et accourut vers Stéphane en ronronnant bruyamment.

– Eh bien, constata René, je crois qu'elle vous a adoptée.

– Mais... commença la jeune femme, un peu gênée.

– Mais rien du tout ! Gardez-la : je vous la donne. Vous m'avez parlé de votre siamoise qui vous manque tant. Bien sûr, il n'est pas question de la remplacer, mais je pense que vous êtes faites l'une pour l'autre.

Comme pour appuyer les propos du prêtre, la petite chatte entama une danse de séduction en tournant autour de Stéphane, se frottant contre ses jambes, et levant vers elle un regard énamouré. Le père Cheminade sourit :

– Vous voyez...

– Mais...

– Non, non ! Prenez-la ! De toute façon, là où je vais, je ne peux pas l'emporter...

– Mais enfin, je ne peux pas prendre cet animal et encore moins l'emporter : je suis en moto ! Et puis, voyons, elle est à vous. Elle peut vous suivre où vous allez si vous le souhaitez vraiment ! D'ailleurs, où allez-vous exactement ?

– Je vais à la gendarmerie.

– Eh bien, justement ! C'est l'exemple parfait ! Vous n'avez pas besoin du chat : vous la laissez là et vous la retrouverez au retour !

Stéphane s'arrêta brusquement dans sa démonstration, et regarda le prêtre d'un air soupçonneux :

– Vous, vous allez à la gendarmerie parce que vous savez quelque chose sur ce qui se passe au village !

– Oui, Stéphane, je le sais.

– C'est incroyable ! Tout le monde, ici, sait quelque chose : Mesnier, Mélanie, vous... et personne ne dit rien ! Je sais bien que je suis une étrangère, mais il me semble qu'on peut me faire confiance, merde alors !

Excédée, la jeune femme se laissa tomber plus qu'elle ne s'assit sur un des bancs, attira à elle un des bols préparés sur la table, et se versa une bonne rasade de café chaud.

Le père Cheminade eut une hésitation puis, à son tour, prit place sur un banc en face de Stéphane.

– Oui, dit-il gravement, je crois qu'on peut vous faire confiance, en effet... Et je suis sûr aussi, après ce que vous m'avez raconté l'autre nuit, que vous pouvez comprendre...

A cet instant, la silhouette de Mélanie s'encadra dans le chambranle de la porte restée ouverte.

– *Taisa te,* René, que c'est préférable ! Rappelle-toi : tu avais promis. *Taisa te.*

Le prêtre se tut un long moment. Dans la pièce, on n'entendait plus que le tic-tac indifférent de l'horloge, le crépitement du feu dans la cheminée et le ronronnement régulier de la chatte qui, profitant de la situation, s'était lovée en boule, comme en territoire conquis, sur les genoux de Stéphane.

René Cheminade releva soudain la tête et regarda Mélanie :

– Tu sais bien que ce n'est plus possible, Mélanie, plus maintenant !

– René, pense à moi, pense à Théodore : *taisa te* !

– Mélanie, dit le prêtre avec beaucoup de douceur, je ne peux plus me taire...

Stéphane sentait vaguement, sans arriver à le percevoir précisément, que les choses étaient graves, que des révélations importantes étaient peut-être là, toutes proches... Elle se versa un nouveau café, se gardant bien d'intervenir. Le prêtre se tourna vers elle :

– Je peux bien vous raconter ce que je sais. De toute façon, je vais aller l'expliquer à la gendarmerie ensuite : « *Et vous connaîtrez la Vérité, et la Vérité vous affranchira* ».

Mélanie entra alors dans la pièce et s'adossa à la cheminée derrière René, les bras croisés, dans une attitude de franche réprobation, mais sans pouvoir empêcher le père Cheminade de commencer son récit :

– Voyez-vous, Stéphane, j'ai eu une enfance extrêmement heureuse jusqu'à l'âge de quatre ans.

La jeune femme hocha la tête, surprise par ce début.

– Quand j'ai eu quatre ans, ma mère est morte en mettant au monde ma petite sœur, Suzanne. La disparition de ma mère, l'arrivée de ma sœur, ce « morte en couches » qui se murmurait entre adultes... Je n'ai pas bien compris, mais j'en ai toujours voulu, plus ou moins consciemment à Suzanne. En plus, après la mort de ma mère, mon père a reporté tout son amour sur ma sœur : il ne voyait qu'elle, n'existait que pour elle. Il est devenu aigri, autoritaire, méchant. Il traitait son ouvrier agricole durement, et moi... il m'ignorait. Je n'existais plus du tout pour lui. Il ne s'occupait même pas de savoir si j'avais mangé ou comment j'étais habillé... Alors je me suis mis à faire des bêtises, toutes plus grosses les unes que les autres, pour qu'il me remarque. J'aurais fait n'importe quoi pour qu'il s'intéresse à moi !

– Ah... dit Stéphane, ne comprenant toujours pas où le prêtre voulait en venir.

– Heureusement pour moi, mes parents, au moment de leur mariage, avaient engagé une « bonne à tout faire » qui est restée après la mort de ma mère. Elle m'avait toujours connu, j'étais un peu comme son fils, et elle prenait soin de moi. Elle s'appelait Céleste. C'était la sœur de Mélanie. Elle s'était mariée, juste après la guerre, avec l'ouvrier agricole de mon père, un prisonnier allemand qui avait décidé de rester en France pour elle, un homme très bon, Franz...

Stéphane en resta sidérée. Bien sûr ! Franz et Céleste Bleinroth, les noms gravés sur la tombe. Céleste, la sœur de Mélanie qui n'avait pas hérité du don, avec Franz, l'oncle de Mesnier. Voilà pourquoi ce dernier sortait du presbytère, l'autre matin ! Elle redoubla d'attention : le prêtre allait-il lui dire si la famille Bleinroth avait été assassinée ? Le savait-il ?

Mais René Cheminade, ignorant la stupéfaction de Stéphane, poursuivit :

– Pour moi, c'était ma seconde famille, et même « ma » famille. Ils avaient quatre enfants : Robert l'aîné, n'avait qu'un an de moins que moi, et le puîné André, deux ans de moins. Autant vous dire qu'on formait une sacrée équipe ! Dès que je pouvais m'échapper de chez moi, je filais chez eux ! J'y retrouvais un certain bonheur. Jusqu'à ce jour de 1957, le 5 juillet exactement... Le feu a pris dans la grange de notre ferme, mais la grange était mitoyenne de notre maison, et c'était un été très sec. La grange s'est embrasée en quelques secondes, et la maison aussi, avec une rapidité effrayante. Ma sœur jouait à l'intérieur, mon père a tenté désespérément de la sauver : ils sont morts tous les deux dans le brasier.

Stéphane revit soudain les ruines calcinées de la maison, proche du plan d'eau. Elle repensa à la sépulture Cheminade et aux dates gravées, identiques. Ainsi, c'était ça l'explication ! En un geste inconscient, elle resserra son étreinte autour du chaton immobile, dont seuls les mouvements vifs des yeux et des oreilles indiquaient qu'il ne dormait pas. En réponse, il lui mordilla le pouce gauche avec application.

– J'ai passé la journée de leur mort et la nuit suivante chez Franz et Céleste. Je ne savais plus du tout où j'en étais. Puis le père Dugat m'a recueilli et je suis venu ici, où vivait déjà Mélanie que je connaissais bien.

A cet instant du récit, Mélanie quitta le coin de l'âtre pour s'approcher du prêtre. Elle lui posa une main sur l'épaule, restant debout derrière lui, présence tutélaire et bienveillante.

– Mon père et Suzanne ont été enterrés le 9 juillet. J'étais tout seul en tête du cortège : mes parents n'avaient que de la famille éloignée. Vous imaginez à 10 ans, se retrouver seul derrière les cercueils des derniers membres de sa famille, suivi par tout le reste de l'assistance ? Heureusement, il me restait Franz, Céleste et leurs enfants ! Le soir de l'enterrement, je m'échappais du presbytère, déjouant la surveillance du père Dugat et de Mélanie, avec qui il avait été convenu que je resterais tant qu'on ne savait que faire de moi, pour retrouver « ma » famille. J'avais besoin de leur chaleur, de leur tendresse...

Sa voix s'altéra un peu, il continua pourtant :

– J'étais presque arrivé, quand j'ai entendu du bruit derrière moi : des cris, des pas, des vociférations... J'ai eu peur ; je me suis caché dans les buissons, au bord du chemin. Alors, j'ai vu passer devant moi une dizaine d'hommes avinés, le visage grimaçant de haine, leurs sabots cognant de colère sur les cailloux du sentier. Ils portaient des bidons. Ils criaient : « *On va lui montrer à ce fils de pute !* », « *A mort le schleu !* », « *Sale boche, tu vas voir de quel bois on se chauffe !* » et d'autres choses encore que je n'ai pas forcément retenues ou comprises. J'étais terrorisé. Je ne savais pas quoi faire. J'ai résolu de les suivre en restant à couvert, et c'est ainsi que, toujours dissimulé, j'ai atterri avec eux devant la maison de Franz et Céleste...

Le père Cheminade fit une pause dans son récit, visiblement en proie à un souvenir trop lourd à porter. Mélanie lui caressait doucement la joue. René Cheminade reprit pourtant :

– Arrivés devant la maison, les hommes ont commencé à jeter le contenu de leurs bidons sur la porte, sur le toit, sur les murs... Ils s'excitaient mutuellement :

– « *Nous aussi, on peut la faire brûler ta baraque !* »

– « *Assassin ! Cheminade et la petite sont morts par ta faute !* »

– « *Ouais, sale boche, tu vas voir ce que ça fait une maison qui brûle !* »...

J'ai compris alors qu'ils pensaient que c'était Franz qui avait mis le feu à la grange de mon père, peut-être pour se venger des mauvais traitements que ce dernier lui infligeait, et qu'ils s'apprêtaient à faire la même chose chez lui. Mais je ne pouvais rien faire ! J'avais dix ans et là, devant moi, ils étaient une dizaine, l'invective aux lèvres, ivres, mauvais, et bien décidés à mettre leur menace à exécution. Alors, je n'ai pas bougé. J'ai eu peur.

– Tu ne pouvais rien faire, petit, je te l'ai déjà dit ! intervint Mélanie. Tu étais un enfant... Ne te reproche rien !

– Je ne sais pas. Peut-être que si je m'étais montré... Ils ont mis le feu en un rien de temps à la maison de Franz. J'ai réalisé alors que les bidons devaient être remplis d'essence. Je vous l'ai dit : l'été était très sec. Tout a flambé, là, comme ça, sans que personne n'ait le temps de sortir : PERSONNE ! Les assassins sont repartis sans savoir si quelqu'un avait une chance de s'en sortir. Et moi, je suis resté là, à écouter les hurlements jusqu'à ce qu'ils se taisent. Ça n'a pas duré longtemps ! Le toit s'est effondré sur eux. Tout a été si vite. Je n'ai rien pu faire. Oh, mon Dieu ! C'était affreux, affreux !

Il enfouit son visage dans ses mains, secoué de sanglots.

Mon Dieu, se dit Stéphane, Mesnier avait raison ! Elle commençait à comprendre les liens qui unissaient tous ces gens, les vivants et les morts, à se faire une idée de leur effroyable histoire. Mais elle ne voyait toujours pas le lien avec les événements actuels...

Mélanie avait entouré René Cheminade de ses bras, et elle le berçait doucement, comme on berce un enfant... Elle poussa un profond soupir et continua le récit :

– Ce soir-là, j'étais sortie à la recherche de René. Il n'était plus dans la chambre et je me doutais bien qu'il devait être chez ma sœur. Quand j'ai vu les flammes s'élever, à l'orée du village, à l'emplacement de leur maison, j'ai tout de suite compris. J'ai hurlé de toute la force de mes poumons et j'ai couru sonner le tocsin pour prévenir, mais quand nous sommes arrivés sur place, il était trop tard : il n'y avait plus rien à faire.

Elle se tut un instant.

– J'ai retrouvé René, roulé en boule dans un buisson proche, pleurant toutes les larmes de son corps. Et il m'a tout raconté, absolument tout.

Son visage se figea, se ferma. Il avait pris la dureté de la pierre.

– J'ai fait promettre à René de ne jamais en parler. Personne ne l'aurait cru. Ce n'était qu'un enfant. Quant à moi, ici, j'ai toujours été la sorcière comme ils disent – même s'ils viennent me demander mon aide –, et j'étais la belle-sœur du *boche*... Les autres, eux, c'étaient des gens connus, appréciés. Que faire d'autre que se taire ? J'ai pensé à venger ma sœur et sa famille, à les tuer tous comme des chiens qu'ils étaient.

Stéphane hocha vigoureusement la tête, en accord total avec la vieille femme.

– Mais je ne pouvais pas. Je ne sais pas comment vous expliquer ça, mais, à cause de mes pouvoirs, je suis comme forcée de rester du bon côté, celui du « blanc », du bon. Alors, j'ai pensé à mettre le petit à l'abri, à l'aider à quitter tout ça. J'ai supplié le père Dugat de l'envoyer en pension à Clermont où il l'a mis chez les bons pères. J'allais le voir dès que je pouvais. Aux vacances, des fois, je réussissais à l'emmener un peu quelque part avec moi. Bien sûr, c'était pas parfait.

René Cheminade releva la tête, regardant Mélanie avec émotion :

– Mélanie, tu as fait tout ce que tu as pu pour moi. Sans toi, qu'est-ce que je serais devenu ? Tu m'as sauvé et tu le sais bien !

A cet instant, on entendit les premières gouttes de pluie s'écraser sur les vitres. Personne ne bougea, sauf Lilith qui, la tête inclinée dans la direction du bruit, semblait s'interroger sur sa provenance. Le prêtre se leva, se dirigea vers la cheminée où il tisonna le feu quelques instants d'un air sombre et revint s'asseoir.

– Chez les pères, j'ai découvert Dieu et son amour infini. Ça a été une révélation. J'ai décidé de devenir prêtre à mon tour. Mon ordination est probablement le moment le plus heureux de toute ma vie !

– J'y étais, coupa Mélanie avec fierté.

– La prêtrise m'a guéri des blessures du passé. Je me suis dévoué aux autres avec bonheur. Je me suis abandonné à Dieu avec confiance : « *Je crois tout ce qu'a dit le Fils de Dieu. Rien n'est plus vrai que la parole de la Vérité même* ».

– Ouais, c'est ça, pensa Stéphane qui, au contraire, avait perdu la foi à la mort de son frère. Et les assassins, eux, ils menaient la belle vie sans être inquiétés !

René Cheminade poursuivit :

– Après toutes ces années, quand l'évêché m'a proposé de revenir ici, pour remplacer le père Dugat, j'ai été heureux de pouvoir le faire, d'autant plus que je retrouvais Mélanie.

Au dehors, les bourrasques de vent soulevaient des rafales de pluie. Le père Cheminade se versa un café. Mélanie alla allumer la lumière car, avec le mauvais temps et en dépit de l'heure matinale, la pièce se retrouvait dans une semi-obscurité. Lilith s'agita un peu, se tournant et se retournant, piétinant allégrement les cuisses de Stéphane, et se réinstalla avec béatitude.

– Mais, risqua Stéphane, vous n'aviez pas peur de revoir les incendiaires ? Vous ne leur en vouliez plus ?

– Je n'avais plus de haine dans mon cœur. Je ne pouvais ni les comprendre, ni bien sûr les approuver, et encore moins les excuser, mais j'avais pu leur pardonner : « *Pardonnez-nous nos offenses comme nous pardonnons aussi à ceux qui nous ont offensé* ». Et puis, cinq d'entre eux, les plus vieux, étaient déjà morts. Et j'avais l'aide de Dieu.

Il y eut un silence. Stéphane réfléchissait intensément tout en gratouillant distraitement le crâne de la petite chatte qui en fermait les yeux de plaisir.

– Attendez, dit-elle. Je sais, ça y est, je sais... votre père et votre sœur Suzanne brûlent dans l'incendie de votre ferme. Quatre jours après, une dizaine de villageois brûlent l'oncle de Mesnier, la sœur de Mélanie, et leurs enfants en représailles. Cinq de ces villageois meurent de mort naturelle... Alors, bien sûr, ceux qui viennent d'être tués, là, sont les quatre qui restaient : les incendiaires. Je me trompe ?

– Non, dit le prêtre, vous êtes même sur la bonne voie...

– Qui ? demanda Stéphane. Qui les tue ? Qui se venge maintenant ? Mesnier ?

– Moi, fit Mélanie. A présent, à mon âge, je ne risque plus rien.

– Mélanie, intervint René, à ton tour *taisa te* !

Il se tourna vers Stéphane :

– C'est moi.

Le nouveau silence qui suivit cette déclaration revêtit une intensité toute particulière. Stéphane était abasourdie, Mélanie résignée. Seul le prêtre semblait serein...

– C'est moi, reprit-il. C'est moi qui ai tué ces cinq hommes et non pas quatre... En revenant ici, j'ai commis un péché d'orgueil. Je me suis cru meilleur que je ne suis. J'étais certain d'avoir pardonné et, d'une certaine façon, je crois réellement que je l'avais fait. Tout a basculé, il y a quinze jours : je suis rentré, par hasard, à l'église, plus tôt que prévu. C'était le jour où Prosper Chapelat devait inspecter la toiture et la charpente du clocher pour me remettre un devis. En entrant dans l'église, je l'ai entendu crier. Il était accroché à côté de la Marie-Bernadette. Je suppose qu'une poutre avait dû céder depuis le temps que ça devait arriver ! J'y suis allé, je l'ai rattrapé : il était maigre, et je suis persuadé que j'aurais pu le remonter tout seul. Seulement...

– Seulement ? fit Stéphane.

– Seulement, il avait eu peur. Il a levé vers moi un visage grimaçant d'angoisse. Grimaçant, vous comprenez ? Comme le soir où je l'avais vu monter, avec les autres, chez Franz. J'ai été comme projeté dans le passé, ça a été plus fort que moi. Cette fois-ci, je pouvais faire quelque chose ! Alors je l'ai lâché. Volontairement. « *Qui répand le sang de l'homme, son sang par l'homme sera répandu* ». Dès lors, le chemin était tout tracé, mon but était simple, il m'est apparu avec une lumineuse évidence : « *Comme tu as fait, il te sera fait : tes actes te retomberont sur la tête...* » J'ai donc tué les quatre autres !

Le prêtre fit une pause, comme pour permettre à la jeune femme d'assimiler ses révélations.

– Maintenant, je vais aller raconter tout ça à la gendarmerie pour éviter que des innocents soient accusés à ma place. J'ai passé la nuit en prière. Je ne crains pas la justice des hommes, je crains seulement le jugement de Dieu : « *Que dirai-je alors, moi misérable ? Qui me protégera si même le juste est à peine justifié ?* ».

Stéphane et Mélanie restèrent silencieuses. Il n'y avait plus rien à dire. Le temps était venu. Cependant, Stéphane se posait encore une question :

– Père Cheminade, ces villageois qui ont tué Franz et sa famille, bien sûr, ils n'ont aucune excuse et rien ne peut justifier leur geste. Mais, après tout, ils avaient peut-être raison : c'était peut-être Franz qui avait mis le feu à la grange de votre père pour se venger ?

– Non, répondit René avec véhémence, ce n'était pas lui. Ce n'est pas possible. Ce n'était pas lui.
– Mais enfin, bon sang, qu'est-ce que vous en savez ? Vous n'étiez qu'un enfant ! Comment pouvez-vous en être si sûr ?

Le prêtre hésita un instant, un bref instant :
– Parce que celui qui avait mis le feu à la grange de mon père... c'était moi.

Remerciements

Avec mes remerciements particuliers à toutes les personnes qui m'ont aidée à mener ce livre à terme :

Natnaël, mon fils, pour avoir choisi le prénom de « Fleur de Thé », et pour tout le bonheur qu'il m'apporte chaque jour.

Eliane et Jean, mes parents, pour leur indéfectible soutien, et les conseils avisés de mon père sur le patois auvergnat.

Michèle, pour son coaching exigeant de tous les instants.

Madame Luong, pour son concours dans la traduction du prénom des jumelles.

Monsieur Edouard Guyot, pour ses renseignements sur la gendarmerie.

Le sous-lieutenant Grégory Gavroy et le chef de bataillon Christian Rascle, pour leurs informations sur la Légion étrangère.

Et Tana Tsim Sha Tsui, pour son affectueuse, compréhensive, ronronnante et féline présence.

Photocomposition Nord Compo
Villeneuve-d'Ascq

« Pour l'éditeur, le principe est d'utiliser des papiers composés de fibres naturelles, renouvelables, recyclables et fabriquées à partir de bois issus de forêts qui adoptent un système d'aménagement durable.

En outre, l'éditeur attend de ses fournisseurs de papier qu'ils s'inscrivent dans une démarche de certification environnementale reconnue. »

Achevé d'imprimer en avril 2008
par **Bussière**
à Saint-Amand-Montrond (Cher)

35-17-3810-5/01

ISBN 978-2-213-63565-1

Dépôt légal : avril 2008.
N° d'édition : 97516. – N° d'impression : 081302/4.

Imprimé en France